아무튼, 반려병

아무튼, 반려병

강이람

제철소

차례

프롤로그

(결례가 되지 않는다면) 지금 이 글을 읽고 있는 당신에게 조심스럽게 묻고 싶다.

"아니, 어떻게 이 책을 펼치게 되셨나요?"

'아무튼 시리즈'에는 술, 서재, 요가, 방콕, 외국어, 떡볶이 등등 그야말로 군침 도는 이야기들이 가득하다. 그런데 하필, 굳이 『아무튼, 반려병』을 펼쳐 든 사람은 누구일까. 글을 쓰는 동안 지금 이 책을 읽을 당신, 그러니까 '반려병'이라는 제목에 끌릴 누군가를 이따금 생각해보았다. 뱃가죽이 아플 만큼 기침이 잦아들지 않고, 며칠째 설사로 고통받거나, 도대체 가려움이 멈출 기미를 보이지 않는 등 나처럼 소소하지만 지속적으로 잔병을 앓는 사람들(혹은 그런 이들의 가족이나 친구)에 대해 말이다. 이성적으로 판단해볼 때 잔병, 그러니까 골골거리는 얘기에 호기심을 가질 사람이 그리 많지는 않으리라고 생각한다. 그런데, 아니 그래서 더욱 이 글을 쓰고 싶었고, 글을 통해 그런 사람들과 만나고 싶었다.

'아무튼 시리즈'가 표방하는 '나를 만든 세계, 내가 만든 세계'는 대개 '내가' 좋아서, '내가' 선택한 취미, 관심사, 경험을 바탕으로 한다. 그런데 내 인생을 돌아보면 각종 잔병들이 '나를' 선택해왔다. 재작년에도 골골거렸는데, 작년에도, 올해도 비슷비슷하게 계속 아팠습니다, 라는 경험치가 나를 만들고 있는 것이다. 내가 좋아서 혹은 의도해서 만든 능동적인 세계가 아닌, 잔병에 의해 만들어진 수동태의 세계가 내 안에 있는 것이다. 나는 감히 인생의 '아무튼'을 논하자면 이 수동태의 세계를 빼놓아서는 안 된다고 생각한다. '아무튼'의 영어 표현인 anyway처럼, 어떤(any) 길(way)로 들어서든 자꾸 '그' 길로 나오게 되는 중력처럼 강력한 그 무엇은 요가나 수영, 피아노 등을 마스터한 성공담(혹은 성취담)과는 반대 지점에 있을 가능성이 높다. 수년간 잔병을 피하려고 노력했으나 번번이 좌절된 나의 실패담처럼 말이다.

　사실 이 글은 전문적인 지식도, 그렇다고 중병으로 죽음의 문턱에서 깨우친 깊은 깨달음도 담겨 있지 않다. 앞서 고백한 대로 자잘한 병들이 내 일상을 떠나지 않아 벌어지는 좌충우돌 경험담을 모아놓은 것이다. 어쩌면 대단할 것도 없는 잔병 이야기를 쓴 데에는 나름의 이유가 있다. 누가 아프다, 라고 하면 대개 중병을 앓는 모습이 연상된다. '아프다'는 상태를 말하는 형용사이지만 어쩐지 묵직한 동사처럼 느껴지기 때문이다. 그러다 보니 잔병으로 아프면 "조금 안 좋아요" "견딜 만큼(?) 아파요" "조금 골골거려요" 등으로 에둘러 표현하곤 했다. 이 정도의 아픔에 감히 '아프다'라는 표현을 붙여도 될지 자신이 없었고, 다른 딱 떨어지는 말도 떠오르지 않았기 때문이다(그렇다고 아프지 않은 것은 아니었다…). 그건 호감과 사랑 사이에 있는 모호한 감정과 비슷하지 않나 싶다. 사귀는 것도 아니지만 사귀지 않는 것도 아닌, 소소하게 데이트를 하는 정도의 관계를 예전에는 "알아가는 중이다" "가볍게 만나보는 중이다" "간 보고 있다" 등으로 설명했다. 그러나 어느 순간 '썸'(!)이라는 이름을 갖게 되면서 그 모호한 경험을 명확하게 부를 수 있게 된 것이다. 이 글 또한 중병과 건강 사이 어드메에 있는 잔병치레에 이름을 불러주는 과정이 되기를 바라며 썼다.

디즈니의 애니메이션 〈인사이드 아웃〉은 사람의 감정을 머릿속 감정 통제 본부에 사는 다섯 캐릭터를 통해 보여준다. 기쁨이, 슬픔이, 까칠이, 소심이, 버럭이 중에 누가 더 주도권을 가지느냐에 따라 그 사람의 반응이 결정되고 성격이 만들어지는 것이다. 기쁨이가 주도하면 성격이 밝고, 까칠이나 소심이가 대장 역할을 하면 경계심이 많은 사람이 되는 식이다. 후반부로 가면 하나의 감정에서 여러 감정이 협업하는 상황으로 이야기가 점점 고조되고 그때에 주인공의 인간다움이 더 깊어지는 것을 볼 수 있다. 슬픔의 눈물보다 기뻐서 흘리는 눈물, 어이가 없어서 내뱉는 한숨이 아니라 다행이라 나오는 한숨, 분노 때문에 발버둥 치는 것이 아니라 깊은 슬픔으로 울어젖히는 발버둥. 이렇게 여러 감정이 자연스럽게 섞이고 부대끼면서 한 사람이 더 깊고 반짝이는 매력을 갖게 되는 것이다.

잔병이 많은 내게는 이 다섯 감정 외에 '골골이'라는 녀석이 더 들어와 살고 있는 셈이다. 골골이가 나타나면 신체적으로 아플 뿐만 아니라 나의 기쁨, 슬픔, 까칠, 소심, 버럭이를 흔들어놓는다. 그런 녀석을 수년간 내쫓아보려 했지만 실패했다(지금도 미열이 있고 편도가 조금 부은 채로 글을 쓰고 있다…). 잔병들은 슬그머니 내 안에 들어와 내 감정들과 함께 먹고 자고 울고 웃으며 어느새 절묘한 배합을 만들어내게 된 것이다. 그렇게 나의 일부가 된 '반려병(病)'에 대한 이야기를 시작해볼까 한다.

　＊이 책에 나오는 잔병들은 지극히 개인적인 경험과 기억을 바탕으로 썼기에 의학적인 사실과 다를 수도 있음을 밝힌다.

내 인생의 FAQ — 또 아파?

"또 아파?"라는 말을 들었다, 오늘도. 살면서 가장 많이 받아봤지만 가장 답하기 어려운 질문이다. 그렇다. 나는 자타 공인 잔병치레가 많은 사람이다. 사람들은 누군가를 처음 만나면 나이, 출신 학교, 전공, 혹은 혈액형을 물어보면서 상대를 가늠해보곤 하지만, 내 경우엔 '이 사람은 약골인가?'가 궁금하다. 만약 그렇다면 그와는 공감대가 잘 형성되어 금방 마음을 열 수 있다. 컨디션이 좋지 않아 약속을 취소해도 너그럽게 이해하고 넘어가주기 때문에 관계도 잘 유지되는 편이다(잘 아프지 않은 사람이라면 어떻게 이렇게 '자주 아파서' 약속을 취소할 수 있는지 믿기 어렵다. 대개 본인을 만나기 꺼려하는 것으로 오해하고, 그래서 자연스럽게 멀어지곤 한다). 군대 얘기로 수다스러워지고 출산 경험으로 유대감을 느끼듯, 나는 좀 골골거리는 사람에게 친근함을 느낀다.

그렇다고 처음 만난 자리에서 "당신은 좀 골골거리는 편인가요?"라고 묻지는 않는다. 그저 조용히 그 사람의 말투와 체격을 통해 유추해보는데, 사실 거의 맞아떨어지지는 않는다. 심각한 중병이 있지 않는 한, 잔병이 많은 정도는 얼마든지 숨길 수 있기 때문이다. 그래서 한참 동안 상대의 정체(?)를 모르고 지내는 경우도 많다. 바로 이것이 골골이들에 대해 내가 할 이야기가 많다고 생각하는 지점이다.

독감, 설사, 위염, 식도염, 치질 정도의 비교적 가벼운 병이 단골손님처럼 드나드는 사람한테 환자라는 타이틀은 주어지지 않는다. 그저 '자주 아픈 사람' '타고난 약골', 혹은 '자기관리를 잘 못하는 사람' 정도로 여겨진다. 대학병원에서 인증받은 병명이 있다면야 당당하게 휴가를 쓰거나 휴직계를 내겠지만, 기침이 좀 심하거나 소화가 안 되는 정도로 그러기는 어렵다. 주변으로부터 특별한 위로나 대우도 기대하기 어렵다(한심하다는 눈치나 받지 않으면 다행이다). 골골이는 건강한 사람도 환자도 아닌, 반인반수처럼 어디에도 끼지 못하는 이방인 같은 존재다. 이력서로 치자면 내세울 만한 경력 한 줄 없이 자잘한 인턴 경험으로만 빡빡하게 칸이 채워진 것과 비슷하다. 치명적인 병력이 없다는 것은 다행스럽고 감사한 일이다. 하지만 '저질 체력' '약골' '골골이' '걸어 다니는 종합병원' 등 병명이 아닌 별명을 달고 사는 당사자들에게도 말 못 할 고충이 있다(그런 이들과 같이 사는 가족의 고충도 적지 않다. 또한 그런 이들을 주로 치료하는 동네 의사들의 고충 역시 남다를 것이다).

　아프다는 것은 취미를 선택하는 것과 달리 다소 강제적으로 겪는 일종의 사고(事故)다. 아픔은 결코 내가 예상하는 타이밍에 오지 않기 때문에, 그 자체로 '인생이 내 뜻대로만 굴러가지는 않는다'는 엄중한 진리를 내포하고 있다. 그러니까 골골거리는 사람들은 매번 아플 때마다 인생의 진리 앞에 마주서는 사람인 것이다. 뭐든 끝까지 가면 깨우침이 있다고 한다. 누군가는 지독한 이별로, 누군가는 치열한 공부로, 누군가는 빡센 육아로 인생을 배운다면 내 경우에는 (다소 이상하게 들릴 수도 있지만) 골골거리는 것으로 인생 공부를 하고 있다.

　어릴 때부터 골골거린 건 아니었다. 가련해 보일 만큼 마른 체형이라든가, 체육 시간에 운동장 한 바퀴를 돌고 나면 픽 쓰러지는 체질이라든가, 새하얀 낯빛으로 코피를 쏟는 타입도 아니었다(오히려 그런 친구들을 부러워하며 사춘기를 아주 건장하게 지나왔다). 늘 체육 시간을 좋아했고, 꾸준히 운동을 했으며, 비 오는 날 얇은 옷에 비를 쫄딱 맞고 다녀도 말짱했다. 대학 때는 술을 진탕 마셔도 다음 날 이른 아침 약속에 거뜬히 나갈 수 있었다.

그때는 그저 젊었기 때문일까. 나이를 먹어가면서 체력도 빠르게 곤두박질쳤고 점점 더 자주 골골거리게 되었다. 골골거린다는 것은 하나의 사건이 아니라 서서히 그 상태에 머물게 되는 긴 과정이므로 명확한 원인을 찾아내기란 쉽지 않다. 하지만 사회생활을 하면서 본격적인 약골에 입문하게 된 것은 분명하다. 유독 나만 힘들게 사회생활을 했다고 생각하지는 않는다. 운 좋게도 냉난방이 잘 되고 식사 시간을 최대한 준수해주는 회사를 다녔기에 마냥 바깥으로 책임을 돌릴 수는 없다. 건강을 붙박이 가구인 양 당연하게 여긴 내 어리석음이 문제였을지 모른다. 사실 몸은 수년간 나에게 신호를 보내고 경고했다. 하지만 사회 초년에 명함을 건네는 법, 보고서를 잘 쓰는 법, 소맥 마는 법은 배웠어도 '건강을 지키는 법'을 알려준 선배나 상사는 없었다. 오히려 어느 정도 건강이 망가지는 것은 치열하게 일하고 있다는 증거라며 건강의 하향평준화를 주도하는 직장 문화만 있었을 뿐이다.

슬기로운 조직 폭음배 생활

첫 직장은 한 기업 홍보실이었다. 처음 서류 지원 이후 '서류 통과 → 면접 → 토론 및 작문 시험' 등의 일반적인 채용 과정을 거쳐 도착한 최후의 관문은 난데없이 '술 면접'이었다. 절차는 간단했다. 최종 면접에 온 지원자들이 입사하면 같이 일하게 될 선배, 상사들과 무지막지한 소맥 파도타기를 하고 난 뒤에 잘 살아남는지를 시험하는 것이었다. 물론 대놓고 술 면접이라고 하진 않았지만(실무자들과의 케미를 보는 면접 정도로 안내되었다), 면접 장소가 서울 시내의 한 주점이었고 시간은 저녁 7시부터였다. 자리에 앉자마자 눈코 뜰 새 없이 원샷! 원샷!이 이어졌고, 얼마 지나지 않아 지원자 중 한 명이 만취 상태로 고급 주점의 여닫이문을 발로 차버리는 바람에 합격에서 멀어졌다. 한 친구는 구토 때문에 자리를 너무 많이 비워서 존재감을 드러내지 못했다. 그때 잠시 화장실을 핑계로 피신 나온 나에게 키가 크고 말쑥한 한 남자 지원자가 말했다.

"저, 진짜 죽을 것 같아요…."

그 남자의 얼굴을 올려다보며 나는 안도했다. 이겼다는 생각 때문이 아니라 나만 포기하고 싶은 게 아니라는 동질감 때문이었다. 나도 똑같이 죽을 것 같았기 때문이다. 그날 밤, 나는 필름이 끊길 만큼 취했지만 다행히도 별 탈 없이 귀가했다.

　이 면접의 방점은 자정 넘어서까지 술을 퍼먹인 다음 날, 아니 당일 아침 8시 정각에 면접이 시작된다는 것이었다. 아침 일찍 깨질 것 같은 두통과 울렁거림을 참으며 간신히 정장을 갖춰 입고 지하철에 몸을 실었다. 샤워를 하지 못해 떡 진 머리에 화장은 겉돌아 꼴이 말이 아니었던 기억이 생생하다. 남아 있던 술기운에 임원 면접을 본 게 득이 된 것인지, 예기치 않게 나는 합격 통보를 받았고 그렇게 사회생활의 첫발을 내디뎠다.

　일도 재미있고 사람들도 좋았다. 하지만 입사 이후에도 지독하게 술을 강요하는 회식이 이어졌고, 어느 날인가는 결국 극심한 위통과 어지럼증으로 회사 화장실 바닥에 쓰러지듯 주저앉아버렸다. 더러운 양변기를 베개 삼아 수십 분을 기대고 있어도 상태가 나아지지 않았다. 나는 기다시피 사무실을 나와 회사 앞 제일 가까운 약국으로 갔다. 휘청거리며 들어서는 나에게 약사가 무미건조한 목소리로 물었다.

　"○○회사 홍보실인가요?"

　다른 것은 더 묻지 않고 익숙한 손놀림으로 물약 두 개와 가루약이 들어 있는 묶음 포장을 건넸다. 그렇다. 나는 이 동네 알 만한 사람은 다 아는 조직 폭음배(!)의 일원이었던 것이다. 무표정한 그 약사도 어쩌면 홍보실의 비밀 요원이었을지 모를 일이다.

그 후 1년여를 더 지독한 음주 문화에 젖어 살았다. 홍보실 '어르신'들의 책상 뒤로는 어쩐지 근엄해 보이는 짙은 회색의 캐비닛이 도열해 있었는데, 그 안에는 업무 관련 대외비 자료가 아니라 숙취 해소제인 '여명○○○'이 가득 들어 있었다. 그때 그 시절에는 기자들을 접대하는 거한 술자리가 기업 홍보의 기본이라는 뿌리 깊은 관행이 있었고, 그러니 주량이 곧 실력인 시대였다. 즉, 술을 거부한다는 것은 홍보 업무를 거부한다는 의미였다.

지금 생각해보면 그 면접은 정말 미개하고 폭력적이었지만 당시 나를 포함해서 아무도 문제를 제기하지 않았다. 대기업 취업은 바늘구멍이었고, '술자리 면접이라니 인간적이고 좋지 뭐'라고 비겁한 합리화를 하며 이의 제기를 하지 않은 것이다. 직장 내 괴롭힘 금지법이 시행되고 있는 요즘도 그 회사가 술 면접을 보는지는 모르겠다. 만약 지금도 그렇다면 손을 번쩍 들고 "그 따위 면접은 거부하겠습니다!"라든가 혹은 조용히 그 면접 방식을 어딘가에 신고할 밀레니얼 세대 후배들이 있을 것 같다. 불행히도 그 시절의 나는 그런 도전적인 언행을 할 만큼의 가치관도 용기도 없었다. 사회생활이란 지금 이상하면 그다음 단계는 더 이상해지는 것이고, 아무것도 안 하면서 '나아지겠지'라고 생각해봤자 그 무엇도 나아지지 않는다는 것을 그때는 몰랐다. 아무튼 나의 위와 간이 숙취를 견디기엔 점점 허약해져서 고심 끝에 사직서를 냈다. 퇴직 사유는 말 그대로 "간 때문이야~"였다.

폭탄주와 파도타기를 피해서 이직한 두 번째 직장은 광고회사였는데, 그곳에는 또 다른 복병이 기다리고 있었다. 바로 야근이었다. 과음과 헤어지고 과로에게 간 것이었다. 출근 첫날, 따뜻한 점심 환영 식사나 팀장님이 조직별로 동행하며 나를 인사시켜주는 식순은 생략되었다. 나는 남양주 어딘가의 어둑한 스튜디오로 출근해 광고 촬영 현장을 보조하다가 자정이 다 되어 퇴근했다. 그마저도 국장님이 출근 첫날이니 대중교통 끊기기 전에 가라고 '특별히' 은혜를 내려주셔서 다른 동료들보다 빨리 퇴근한 것이다. 그렇다고 회사가 지옥 같기만 한 것은 아니었다. 일은 재미있었고, 동료들도 좋았다. 하지만 퇴사할 때까지 집에서 저녁을 먹은 날이 거의 없었다. 커피에 샐러드나 햄버거, 김밥 등으로 끼니를 때우기

일쑤였고, 만성적인 스트레스로 밤늦게 온갖 주전부리를 입속에 털어 넣으며 하루를 마감했다. 회사는 마치 직원들의 건강을 갉아먹기 위해 이 방법이 안 되면 저 방법으로 집요하게 파고드는 정교한 시스템과 같았다. 나는 일을 즐겼지만 그 결과는 즐겁지 않았다.

자정이 넘어 집에 돌아오면 허리, 어깨, 목, 손가락 등 온몸의 관절이 욱신거려 바로 잠들지 못했다. 피곤해서 빨리 자야 하는데, 피곤해서 잠이 안 오는 모순에 빠지는 것이다. 그래서 나는 매일 퇴근길에 맥주 한 캔을 사서 홀짝거리곤 했다. 빈속에(저녁을 거르거나 대여섯 시에 먹기 때문에 그 시간이면 공복 상태가 되었다) 마신 맥주는 금방 취기로 전환되어 욱신거리는 몸을 무감각하게 해주었다. 기분도 조금 좋아져 "아, 오늘은 보람 있었어"라고 중얼거리면서 침대에 누울 수 있었다.

그렇게 퇴근길 맥주 진통제로 버티던 두 번째 회사의 결말은 첫 회사보다 극적으로 끝났다. 매일매일 열네 시간 이상을 앉아서 일하다 보니 어느 틈에 허리 디스크에 걸렸고, 급기야 회의 도중 일어나다가 쓰러지고 말았다. 서 있기만 해도 극심한 통증이 밀려와 부축을 받아 병원으로 갔고, 이후 두 달여

간 휴직을 하고 통원 치료를 했다. 긴 재활 치료를 마치고 회사로 복귀한 날, 나는 바로 사직서를 냈다. 그때 본부장님은 안타까운 표정으로 말했다.

"너 일이 싫은 건 아니잖아? 라꾸라꾸침대 놔 줄 테니 중간중간 누워서 일해."

그는 허리 통증을 완화시켜줄 문제 해결 능력은 있었지만, 퇴사를 결정하기까지 고심했을 후배의 불면의 시간에 대한 공감 능력은 없었다. 그에게 나는 그저 제작국 2팀 막내 직원일 뿐, 혼자 팬티도 입기 힘든 통증으로 사회생활도 끝장, 평생 꿈꾸던 멋진 섹스도 끝장일지 몰라 망연자실한 자연인으로는 여겨지지 않았던 것 같다. 놀라운 점은 그 순간에도 그만두겠다는 결정이 나약한 마음에서 비롯된 건 아닐까 스스로 두려웠다는 사실이다. 건강 때문에 꿈을 포기하는 건 열정 없는 인간들이나 하는 짓이야, 라는 생각이 마지막 순간까지 나를 흔들었다.

그때는 직장인이라면 자고로 각종 근육통과 위장병, 면역력 저하, 피부병 정도는 달고 사는 게 상식처럼 자연스러웠다. 그래서 누가 몸이 아파 회식에 빠지거나 휴가를 쓴다고 하면 "나도 그렇게 아파봤어. 그 정도는 괜찮아"라는 말을 공공연하게 건네곤 했다. "나도 아파봤어"는 언뜻 동감해주는 것처럼 들리지만, 사실은 상대의 고통을 엄살로 바꾸어 버리는 말이다. 영어 단어로 살펴보면 그 진의는 좀 더 명확해진다. sympathy는 sync-, 즉 '같이, 일치하게' 느낀다는 뜻으로 상대의 상황을 '내' 경험 중 비슷한 경험을 통해 느끼는 것이다. 반면 empathy 는 en-, '안으로' 들어가서 느낀다는 뜻으로 '상대방'의 상황을 있는 그대로 느끼는 것이다. "나도 애인에게 배신당해봐서 네 기분 알아"라는 반응과 "애인한테 배신당해서 네 기분이 찢어지겠다"는 반응의 차이다. 직장생활에서 잔병치레에 대해 내가 경험한 반응은 sympathy였다. 내 고통을 온전히 있는 그대로 느껴주고 공감해주는 사람은 없었다. 각자 타인의 고통을 통해서 자신의 고통을 투영하기에 바빴다. 사회생활이 각박하게 느껴지는 것은 많은 위로와 격려를 받아도 대개 그 말들이 자기 고통에만 집중되어 있기 때문인 것 같다. 그래서 몇 번의 비슷한 경험 이후 나는 내 잔병치레를 숨기게 되었다. 제대로 공감받지 못할 잔병 투병기는 타인에게 투정 그 이상도 이하도 아니었기 때문이다. '다들 이러고 사니까'라는 오래된 직딩의 상식으로 살다 보니 내가 괜찮은 건지 분별하는 감각도 둔해졌고, 그래서 더 골골거리게 되었다.

잔병치레의 역사

절간 처마 밑에 움푹 팬 돌을 보면 도대체 몇 그램도 안 되는 빗방울이 어떻게 저 견고한 돌의 모양을 바꾸어놓았을까 의아하다. 엄청난 수압의 물 폭탄도 아니고 그저 돌을 조금 귀찮게, 오랫동안 툭툭 건드렸을 뿐인데 말이다. 나는 잔병이 그 빗방울 같은 게 아닐까 생각한다. 잔병들이 그렇게 오랜 시간 반복해서 내 마음에 움푹한 흔적을 남기고 있으니까. 잔병으로 골골거리는 사람의 고통은 아픔 그 자체가 아니라 '계속' 아프다는 데 있다. 몇 번 몸이 아플 때는 머리를 긁적거리며 '내가 좀 무리를 했나?'라든가 '아, 이제 나이가 실감 나네'라며 넘어갈 수 있다. 하지만 지난 달 내내 앓았던 독감에 또다시 걸려 앓아눕게 된다든가, 허리 디스크로 고생하는 중에 위장병까지 나서 며칠 음식을 못 먹게 되면 이야기가 달라진다. 아픈데 또 아픈 악순환의 늪에 빠지면 제아무리 자잘한 잔병도 한 사람의 내면에 깊은 파임을 남긴다.

1. 면역력이 약해서 문제

나는 감기에 걸릴 때마다 종종 응급실에 가야 할 만큼 심한 근육통과 고열에 시달린다. 응급실에 누워 해열제를 때려 붓고도 모자라 최소한의 옷만 입은 채로 아이스 팩을 온몸에 올려두어야 열이 떨어진다. 사실 고열보다 괴로운 것은 관절 마디마디가 어딘가에 스치기만 해도 아픈 근육통이다. 그런 상태에서 아이스 팩을 올려놓으면 그 부위가 에이는 듯하다. 그러다 보니 어떻게든 감기에 걸리지 않으려고 별별 노력을 다해봤지만 소용이 없었다. 최근에는 감기 몸살에 부비동염, 중이염이 겹쳐 와 크게 곤욕을 치렀다. 감기가 2D에서 3D, 4D로 진화하는 영화관처럼 입체화된 것이다(어찌나 오감을 자극하던지!).

얼마 전에도 그렇게 한 열흘을 끙끙 앓고 나서 몸이 좀 회복되는가 싶었는데, 다시 고열이 나서 병원을 찾았다. 의사에게 조금 짜증스러운 목소리로 따지듯 물었다.

"선생님, 도대체 왜 감기가 낫다가 다시 심해지는 거죠?"

그때 의사는 무덤덤한 목소리로 대답했다.

"첫 번째 감기는 거의 나았고요, 새로운 감기가 온 것입니다."

마치 첫 번째 사랑이 가고 새로운 사랑이 온다는 낭만적인 읊조림 같았다. 하지만 이것은 사랑이 아니라 바이러스 아닌가. 흠씬 아팠던 열애 뒤에 조금이라도 휴지기(休止期)가 있으면 좋으련만 나의 잔병은 곧잘 겹쳐서 왔다. 열이 떨어지지 않아 링거를 꽂고 누워서 생각해본다. 두 바이러스가 내 몸속 어느 길목에서 마주친다면 서로 머쓱해하지 않을까.

2. 면역 체계가 헷갈려서 문제

감기 몸살만 속을 썩이는 것이 아니었다. 언제부터인가 아침에 일어나면 손가락 마디마디가 붓고 욱신거렸다. 관절 마디마디를 꽉 누르고 있으면 좀 나아지는 것도 같아서 붕대로 단단하게 감아 보기도 하고, 파스를 잘라 조각조각 붙여보기도 했다. 뜨거운 물에 담그고 있으면 통증이 좀 사라지는 듯도 했지만 잠시뿐이었다. 결국 값비싼 검사를 통해 받은 병명은 류머티즘성관절염이었다. 손가락 마디마디가 아픈 것은 외부로부터 인체를 지키는 면역 체계가 혼란을 일으켜 자기 자신을 (특히 관절 부위를) 공격하기 때문이었다. 의사 선생님은 심해지면 관절이 휘어서 움직이기 어렵고 장기 등의 손상으로 이어질 수도 있다는 말과 함께 보기만 해도 배가 부를 만큼 많은 양의 약을 처방해주었다. 대학병원의 약은 마치 줄줄이 비엔나소시지 같다. 염증을 차단하는 항염제가 처방되면 그로 인한 위장 장애 보호제도 추가된다. 그런데 그 약 때문에 두드러기가 생길 수 있어 이를 막아주는 약이 또 추가된다. 약이 약을 부르는 상황이다. 그렇게 이십대 후반에 나를 꽤나 괴롭혔던 관절 통증이 어쩐 일인지 삼십대 중반을 지나면서 거의 사라졌다가 사십대가 되니 다시 나타났다. 마치 오래된 동창과 연락이 끊겼다가 "어이, 잘 지냈어?"라며 재회하게 된 것처럼.

3. 면역 체계가 오버를 떨어서 문제

우리 몸은 벌레에 물리거나 곰팡이, 먼지가 많은 곳에 있으면 두드러기가 올라오게 해서 경고를 보내는데, 내 몸은 별 탈이 없는 상황에서도 두드러기를 일으키는 히스타민이라는 물질을 과도하게 분비한다는 문제가 있다. 사실 히스타민이란, 모든 사람의 몸속에 있는 꼭 필요한 물질이다. 혈관을 확장해 열을 내고 붓게 해서(=두드러기) 피 속의 백혈구가 빨리 바이러스와 잘 싸울 수 있도록 도와주기 때문이다. 그런데 나의 히스타민은 적이 열 명 들어올 때 공격수 1천 명을 내보내 시도 때도 없이 두드러기에 시달리게 한다. 한번 두드러기가 올라오면 가려움이 심해져 항히스타민제라는 알약을 특사로 보내 "워워~침착해! 별일 아니야"라며 진정을 시킨

다. 초기에는 두드러기를 가라앉히려고 연고부터 로션, 한약, 영양제까지 별의별 시도를 해봤지만 소용이 없었다. 고작 가려움으로 투병 중이라고 한다면 엄살이라 생각할 수 있지만, 가려움이 내 육체를 제멋대로 정복한다는 느낌이 든다면 얘기는 달라진다. 아주 작은 부위라도 일단 가렵기 시작하면 그다음에는 순식간에 온몸이 토벌당하는데, 그 속도가 너무 빨라 긁는 내 손이 두 개뿐인 게 화가 날 지경이다. 가려움은 중요한 회의, 소개팅 상대와의 식사 자리, 고급 매장에서의 쇼핑 중에도 발생할 수 있다. 그러다 보니 나는 항상 항히스타민제를 가지고 다닌다. 만약 외출하는 길에 알약을 챙기지 않았다면 반드시 약국에 들른다. 별일이 없는 평소에도 단골 카페에 가듯 습관적으로 약국에 들러 '항히스타민제'를 모아둔다. 사놓은 알약을 여러 가방 안주머니나 책상, 부엌 서랍 등에 넣어두고, 상시 대비 체제를 갖춘 지가 10년이 넘었지만, 이 싸움은 여전히 현재 진행형이다.

어느 날 아침의 일이다. 함께 자던 아들이 일어나자마자 내 얼굴을 보고 울음을 터뜨리며 물었다.

"엄마… 누구세요?"

내 얼굴이 이상하다며 울먹이는 아이의 말에 거울을 보니 입술과 눈꺼풀 등 얼굴 전체가 알아볼 수 없을 정도로 부어 있었다. 기도까지 붓는다면 호흡 곤란이 올 수도 있어 급히 응급실에 갔다. 이런저런 검사를 했지만 두드러기의 원인은 찾지 못했다. 의사 선생님은 열이 나거나 기도가 부은 게 아니므로 너무 큰 걱정은 말라며, 그저 면역 체계가 (또!) 과민하게 반응한 급성 혈관 부종일 뿐이라는 진단을 내렸다. 스테로이드 주사를 맞고 돌아와 일주일 정도 약을 먹은 뒤에야 얼굴이 원래대로 돌아왔지만 언제고 또 그럴 수 있다고 생각하면 두려워진다(글을 쓰는 지금도 허벅지 안쪽이 난데없이 가렵다. 빠른 진압을 위해 연질형 항히스타민제를 복용해야겠군).

4. **보너스**: ㅍㅍㅅㅅ**라서 문제**

나는 위장병에 관련해서도 소소한 이력을 갖고 있다. 식도염, 위염 등에 대해서도 할 얘기가 많지만 역시나 과민성대장증후군이 가장 다이내믹하지 않나 싶다. 오랫동안 나와 같이 일해온 동료들은 내가 정기적으로 ㅍㅍㅅㅅ의 기간을 겪는다는 것을 알고 있다. 회의 중에 군은 표정으로 말이 없으면 "음, 다녀

오세요"라고 먼저 말해주는 배려왕도 있고, 하얗게
뜬 내 얼굴을 보고 "오늘 점심은 죽 먹을까?"라고
말하는 센스쟁이도 있다. 대개 대장염은 설사 몇 번
으로 끝나지만 가끔은 열이 나면서 경련이 오듯 배
가 아프기 때문에 방심하면 곤란하다. 언젠가는 설
사가 또 시작되어 며칠째 죽만 먹다 조금 나아지는
듯해서 단골 커피숍 앞을 서성였다. 그때 설사 분야
의 저명한 동료가 다가왔다.

동료: 커피 드시게요?
나: 이제 설사도 좀 멎고 괜찮지 않을까요?
동료: 음, 설사할 때 커피는요…. '내가 커피를
먹어도 되나?'라는 생각조차 하지 않을 때에야
비로소 먹는 거예요.
나: !

역시나 설사의 멘토다운 명쾌한 가르침이었다.
그의 가르침은 어디에 적용해도 의미 있는 울림을
자아냈다. 기획서란 내가 이 문서를 그만 수정해도
될까라는 생각조차 하지 않을 때 비로소 완성되는
것이다. 시댁 김장이란 내가 올해는 가지 않아도 될
까라는 고민조차 안 하게 될 때야 비로소 가지 않아

도 되는 것이다. 뭐 이런 식으로 말이다.

어쨌든 이렇고 저런 잔병치레의 행진 속에 나는 골골이의 길로 들어섰다. 추울 때는 감기 몸살이, 아침에는 관절 욱신거림이, 건조할 때는 두드러기가, 비가 오는 날엔 허리 통증이 온다. 빡빡하게 일정이 짜인 유명 인사처럼 내 몸은 날씨에 따라, 계절에 따라 다양한 질환을 맞이한다. 그러다 보니 골골이로서 조금 남다른 시간관념을 갖게 되었다. 나에게 있어 1년은 365일이 아니다. 1년 동안 이래저래 아파서 꼼짝 못 하는 날들이 있기 때문에, 그 시간을 빼고 나면 정상적인 활동이 가능한 날은 잘해야 250일 정도이다. 즉, 나에게 1년은 남들보다 짧다. 일주일 중 어느 요일이 온전한 내 시간이 될지, 사계절 중 어느 계절이 나에게 호의적일지 모르기 때문이다. 과장해서 말하자면 잔병이 내 시간의 주도권을 쥐고 있는 것이다.

그래서인지 약속이나 일정을 잡을 때는 늘 머릿속이 복잡해진다. 기본적으로 나의 시간 잔고는 넉넉지 않기 때문에 없는 살림을 쓰려면 깐깐하게 기회비용을 따지게 된다. '나 요즘 컨디션이 좋네?'라는 생각이 들면 (이런 날이 얼마나 지속될지 장담

할 수 없기 때문에) 꼭 만나고 싶은 사람, 꼭 하고 싶은 일을 고른다. 언제 또 올지 모를 이런 멀쩡한 기간을 쓸데없는 만남이나 회식으로 써버리고 싶지 않은 것이다. 약속도 미리 잡기보다는, 내 상태를 예상할 수 있는 가까운 미래에 한하여 잡아둔다. 만약 누군가가 한두 달 정도 뒤에 보자고 하면 나는 주저주저하면서 그때 가서 다시 약속을 잡자고 한다. 갑자기 몸이 아파 취소할 일을 만들고 싶지 않아서다. 어떤 친구들은 내가 일정한 주기로 잠수를 탄다며 불만을 터뜨린다. 하지만 그건 사실이 아니다. 그저 내가 정상적으로 쓸 수 있는 시간이 그들과 다르기 때문에 생기는 차이일 뿐이다.

　남다른 시간관념은 이런 식의 대화에서도 드러난다. 단골 병원에 가면 의사 선생님이 차트를 보며, "오, 이번엔 무려 5개월 만에 오셨네요?"라고 말한다. 늘 갈 때마다 이번엔 저번보다 오랜만에 왔죠? 라고 성적표를 확인하듯 물었기 때문이다. 나에게 시간은 30여 일로 구획되어 반듯하게 썰린 12개월이 아니라 불규칙하게 병원을 가지 않은 날들의 합계이다. 만약 반년이 넘는 시간 만에 단골 병원에 간다면, 지금 아무리 몸이 아파도 꽤 의기양양한 표정으로 들어설 것이다. 그 시간을 운 좋게 잘 넘겼다, 라는 안도와 자부심이 있기 때문이다. 하지만 그것도 잠시뿐, 또다시 이런저런 잔병치레로 아까운 시간을 날리게 되면 자존감도 곤두박질친다. 도대체 나는 '왜' 아프지? 라는 질문이 일상을 비집고 들어올 때면 나의 시간은 손가락 사이의 모래처럼 속절없이 버려지기 시작한다.

'왜'냐고 물으신다면

"왜 아픕니까?"라는 질문이 의사에게 던져졌다면 그 질문은 안전하다. 그때의 왜는 어떻게 해서 아프게 된 것인지 '경위'를 묻는 것이기 때문에 "인플루엔자가 침입해서", 혹은 "코 뒤에 농이 가득 차서", 또는 "7번 경추 사이의 디스크가 탈출해서"라고 답하면 된다. 이도 저도 아니라면 "스트레스를 너무 많이 받았다"라고 하면 그만이다. 그 답에 이의를 제기하는 사람은 거의 없을 것이다. 하지만 아픈 이들이 왜 아프냐고 묻는 대상은 사실 의사가 아니라 신(神)이다. 이때의 '왜'는 이 아픔이 어떻게 해서 나에게 왔는지의 '의도'를 묻는 것이다.

고통에 대한 대표적인 고찰이 담긴 성경 속 「욥기」에는 가족과 재산을 다 잃고, 몸에 종기가 나서 시름시름 앓는 욥이라는 인물이 나온다. 그의 친구들이 병문안을 와서 하는 말이라고는 "(네가 잘못했으니) 신께 회개하라"였다. 욥의 친구들은 고통받는 것에는 반드시 이유가 있고, 뭔가 잘못을 했기 때문에 아프다고 믿었다. 나 또한 몸이 너무 아플 때는 이상하게 누구인지도 모를 대상에게 "잘못했어요"라고 중얼거리며 훌쩍대곤 한다. 회개를 통해 회복을 구하는 것은 아픈 사람이 할 수 있는 최선의 노력이기 때문이다. 사실 마약이나 무분별한 성생활, 폭

식은 고사하고 과음, 흡연도 즐기지 않는 내가 뭘 그렇게 잘못했나 싶어 반발심이 들기도 한다. 하지만 일단 앓아눕게 되면 제 발로 자기반성의 터널로 들어가게 된다. 털어서 먼지 안 나는 사람이 없다고, 찾다 보면 뭐라도 반성할 거리들이 나오기 마련이다. 지난달에 결식아동 후원금을 줄였고, 부모님 전화가 귀찮아 받지 않았고, 동료에 대해 험담을 했던 것 등등이 한꺼번에 눈덩이처럼 몰려와 내 양심의 문을 쾅! 쾅! 쾅! 두드리는 것이다.

아픔의 의도가 자기반성의 촉구라는 가설보다 좀 더 생산적인 가설은 그것이 '성장의 과정'이라는 것이다. 물론 큰 병을 물리치고 나서 더 성숙한 인생을 사는 경우도 있다. 하지만 그 변화가 아픔의 '결과'인 것과 '원인'인 것은 조금 다른 문제이다. 만약 한 달 내내 몸이 아팠는데 그 사람의 인격이 한 달 전과 똑같다면 그 아픔은 낭비된 걸까. 아픈 것도 모자라 생산적으로 아파야 한다면 그건 너무 가혹한 처사가 아닐까. 사실 아플 때는 시간이 그냥 버려지는 느낌이 들고, 그 시간이 길어지면 내 인생은 이렇게 무의미하게 흘러가는가 싶어 두려움에 휩싸인다. 그래서 '내 아픔에 심오한 의미가 있다'는 믿음은 어떤 면에서 가혹한 처사가 아니라 한 줄기 희망일 수도 있다.

성경 속으로 다시 가보면, 유복한 집안의 엘리트이자 당시에 갑 오브 갑이었던 로마 시민권자 바울의 이야기가 있다. 그는 예수를 만나고 극적으로 회심하여 앉은뱅이를 고치는 등의 치유의 기적을 행하게 되는데, 그 여정의 중간중간에 본인의 고질병을 낫게 해달라고 기도하는 장면이 나온다. 자신의 병은 스스로 고치지 못했던 것이다. 성경에 그의 정확한 병명은 적혀 있지 않고 (신학자들은 안질 또는 간질이라고 추정한다) "육체의 가시(thorn in the flesh)"를 없애달라는 표현이 나온다. 바울은 간절히 기도하지만, 기도의 응답을 받지는 못한다. 성경에는 바울이 교만하지 않도록 하기 위해서 (일부러) 그 가시를 그대로 둔다고 나온다. 그 병이 형벌이 아니라, 그 사람을 더 성장시키기 위한 장치라는 것이다. 타인의 병을 고칠 수 있었던 능력자 바울의 불치병은 우연이 아니라 필연이라는 것. 병을 앓는 시간이 버려지는 것이 아니라 쓰여지는 것이라는 생각의 전환은 확실히 회복의 작은 기틀이 된다. 그래서일까, 바울 또한 그 후 더욱더 가열차게 사역을 이어나간다.

하지만 만약에 말이다. 바울의 육체의 가시가

눈의 염증이나 간질이 아니라 치질이라면, 원형탈모증이라면, 전립선염이라면 어땠을까? 성경을 읽는 사람들이 바울의 병을 상상할 때 주로 떠올리는 특정한 범주의 병이 있다. 그 외의 것은 우리의 인식 속에서 차별받고 배제된다. 치질을 통해 교만을 막는다거나 전립선염으로 자아를 다시 돌아본다고 하면 뭔가 어색하다. 하지만 병의 종류에 따라 왜 아픈지가 정해질 리는 만무하다. 순환계 질환은 환자의 성숙을 위해 발생하고, 항문 질환은 환자의 뉘우침을 위해 발병한다는 건 어째 좀 이상하지 않은가. 물론 생사가 오고 가는 중대한 병이라면 그 병명을 막론하고 깊은 성찰의 심연으로 우리를 초대할 것이다. 하지만 대부분의 사람은 회사에 출근하고, 보고서를 만들고, 회식 자리에 가고, 아이의 숙제를 봐주면서 아프기 때문에 아프기만 하기에도 바쁘다.

(용기 내서 고백하자면) 나는 이십대의 꽤 어린 나이에 치열로 고생을 했다(잘 알려진 치질과 비슷하지만 조금 다르다). 오래 앉아서 일했던 좌식 생활과 운동을 하지 않아 약해진 괄약근, 불규칙한 식습관 등이 문제였겠지만 같은 패턴으로 야근하던 팀원 전체 중에 유독 나에게만 그 병이 찾아왔다. 처음에는 항문 부분이 간질간질해서 회충약을 사 먹었는

데, 며칠 뒤부터 그곳이 불에 덴 것처럼 아프고 변을 보면 선홍색의 맑은 피가 뭉텅뭉텅 흘러나왔다. 나중에는 불기둥이 항문에서 몸통까지 관통하는 듯 아팠다. 처음에는 '거기'가 아프다는 것이 창피해 병원에 갈 엄두를 내지 못했다. 그러면서도 혈변이 계속될까봐 겁이 나 한동안 금식을 하기도 했다. 그럼에도 증세가 나아지지 않았다. 어떻게든 병원에 가지 않으려고 이것저것 검색해보니 "따뜻한 물로 자주 좌욕을 하면 완화된다"고 했다. 하지만 그때는 연일 야근을 해야 했기에 집에서 제대로 된 좌욕을 할 시간이 없었다.

하는 수 없이 회사 근처 편의점에서 좌욕기를 대체할 적절한 도구를 물색하기 시작했다. 그러다 내 눈에 길고 넓적한 홈런볼이 들어왔다. 그래, 이거다! 홈런볼을 비밀스럽게 겨드랑이 사이에 숨기고 화장실에 들어갔다. 과자는 다 버리고(두어 개는 집어 먹고) 플라스틱 네모 상자에 따뜻한 물을 받았다. 그러고는 변기 칸에 들어가 미리 준비한 녹차 티백을 넣어 물을 우려낸 뒤에(녹차의 향이 진정 효과를 가져 오지 않을까 생각했다…) 변기 위에 올라갔다. 그런데 예상과 달리 과자 그릇이 너무 작아 그 안쪽까지 따뜻한 물이 잘 닿지 않았다. 너무 푹 앉으면

물이 넘치고 살짝 앉으면 충분히 좌욕을 할 수 없었다. 어쩔 수 없이 나는 두 팔을 최대한 벌려 양쪽 벽면을 밀어내듯이 잡고 '거기'의 접점이 따뜻한 물에 적당히 잠길 수 있도록 유지하며 버텼다. 그렇게 바들바들 떨며 간이 좌욕을 하는 동안 나는 나직이 기도했다.

"오, 제발 이 병을 낫게 해주세요."

그런데 말이다. 만약 그때 신이 나에게 와 너의 치질이 너를 교만하지 않게 할 것이다, 라고 말한다면? 음, 글쎄…. 나는, 나는 사실 솔직히 받아들이기 어려울 것 같다. (신의 계획이 어떤 특정한 병에만 작동하는 게 아니라면) 아픔에 어떤 의도가 있다는 믿음은 허구가 아닐까. 그런 생각은 아픔의 바깥에 있는 사람들의 생각이 아닐까.

한국 아이들을 놀이터에 모아놓고 노는 모습을 관찰하면 다른 나라 아이들 사이에서는 하지 않는 질문이 오간다고 한다.

"너 몇 살이야?"

상대방을 알아가는 첫 관문으로 '나이'를 두는 것이다. 나이를 묻는 행위에는 상대방을 신속하게 알아내고 싶은 다급함이 반영되어 있다. '너'라는 사람이 어떤 사람인지 알기 위해, 몇 살? 혈액형은 뭐? 어디 살아? 주량이 얼마나 되니? 등등 규격화된 기준을 들이미는 것이다. 상대방이 어떤 여행을 좋아하고 어떤 공부를 했는지, 종교는 있는지, 최근에 본 영화나 책은 무엇인지 차근차근 와인을 음미하듯 알아가기보다는, 하룻밤에 소맥을 진하게 원샷하고 서로의 본색을 한 번에 토해내듯 뱉어내는 것과 같다. 아픔에 대해 다짜고짜 "왜죠?"라고 묻는 것이 이와 같지 않을까 싶다. 아픔은 짙은 안개 속을 걷듯 천천히 그 실체가 드러나는 것일지도 모르는데, 우리는 너무 성급하게 아픔의 실체를 알고 싶어 하는 것은 아닐까.

수전 손택은 『은유로서의 질병』(이재원 옮김, 이후)에서 "병에 걸려 공포에 질린 사람들에게 병은 질병일 뿐"이라고, "질병은 저주도 아니며 신의 심판도 아니기에 별다른 의미를 부여하지 말라"고 말한다. 이 말이야말로 몸이 아팠을 때 받을 수 있는 가장 큰 위로가 아닌가 싶다. 아플 때는 그냥 아픔이 지나갈 때까지 약을 먹고, 잠을 청하고, 이불 속에 파묻혀 TV나 틀어놓는 게 좋다. 의사들이 환자에게 자주 내리는 처방 중 하나가 ABR이다. 절대 침상 안

정(absolute bed rest)을 뜻하는 이 말은 한마디로 '침대에 콕 박혀 푹 자라'는 뜻이다. 잔병치레가 많아지던 골골이 초기에는 아픔을 해석하려고 많은 에너지를 썼다. 하지만 지금은 몸이 너무 아프면 그저 아무 생각도 하지 않고 ABR을 하려고 노력한다.

아픔은 해석의 대상이 아니라 반응의 대상이라는 게 그간의 깨달음이다. 반응을 뜻하는 영어 단어 respond는 responsibility(책임감)라는 단어와 비슷하다. 내 몸에 대해 책임감을 가지라는 건 '부담을 (짐)지라'는 뜻이 아니라 '잘 반응하는 능력(respond+ability)을 발휘하라'는 것 아닐까. 우리 몸은 아무리 작은 가시가 박혀도 단번에 알아챈다. 1센티미터도 안 되는 작은 상처라도 온 신경을 곤두서게 만든다. 몸은 그 부위가 어디든 기민하게 아픈 곳을 찾아 성실히 신호를 보낸다. 어느 곳 하나 그늘지거나 눅눅하지 않도록 끊임없이 살피고 쓸고 닦는 것이다. 그 과정은 매일 어질러지고, 닳고, 더러워지기 일쑤지만 다시 새롭게 하는 살림살이와 닮아 있다. 몸살감기가 장기화된다 싶으면 머리맡에 휴지와 체온계, 끓인 물과 컵 등을 올려둔다. 허리가 많이 아프다 싶으면 허리 받침용 베개를 두 개 꺼낸다. 천장을 보고 누울 때는 높은 베개를 무릎 밑에, 옆으로 누울 때는 얇은 베개를 다리 사이에 넣어 허리에 가는 부담을 줄여준다. 소변을 볼 때 조금 따끔따끔한 느낌이 든다면 방광염이 되지 않도록 1.5리터 생수를 사서 계속 마신다. 동굴에 갇힌 곰이 '왜' 마늘을 먹어야 하죠? 라고 따져 묻기보다 그저 묵묵히 주어진 마늘을 100일 동안 먹고 사람이 된 것처럼(다행히 100일 내내 아픈 적은 없었다…) 나 또한 그렇게 쓸고 닦듯 묵묵히 시간을 쌓았다. 약골(weakling)은 결과라기보다는 골골거리는 상태가 지속되는 진행형(weak+ing)이여서일까. 내 약함을 받아들이는 과정은 지금도 계속되고 있다.

시(詩)적 표현 아니고 병(病)적 표현

사랑에 빠진 연인들은 자기들끼리만 알아듣는 은어를 만들어 언어유희를 즐긴다. 남들 다 하는 "사랑해~"라는 고백이 아닌 "너를 토마토마토해"라든가 상대를 "여보", "자기"가 아닌 "까꿍이"라고 부르는 식이다. 은어는 우리끼리만 알아듣는다는 점에서 평범한 연애와 나의 사랑을 차별화하고, 두 사람의 연대를 공고화해준다. 나의 경우에도 의사 선생님과 은어를 주고받으며 내 아픔을 차별화하고, 특별한 공동체 의식을 맛보곤 한다.

- 관절이 지리무리해요
- 다리가 뻑적지근해요
- 손 마디마디가 우리우리해요
- 아랫배가 찌르르하네요

몸 좀 아파본 사람이라면 단번에 이 표현을 알아들을 것이다. 위경련 왔다는 사람에게 진짜 위경련인지 확인하는 방법은 간단하다. 어떻게 아프냐고 물었을 때 배가 '빨래 짜듯이' 아파요/쪼그라들어요, 라고 말한다면 정말 경련이 온 것이다. 치질이나 방광염이 왔다면 '불기둥이 거길 관통하는 듯'하다는 식의 표현을 할 것이다. 만약 의사 선생님이 먼저 이런 은어를 쓴다면 더 믿음이 간다. 그도 분명 그렇게 아파본, 나와 같은 부류라는 뜻이니까. 이렇게 잔병 치레 수년이면 자연스럽게 아픔과 관련한 은어 사용에 능숙해진다.

병과 관련된 표현 중에 고개를 끄덕였던 문장은 '지긋지긋하다'라는 영어 표현이었다. "I'm sick of it." (직역하면) '나는 그것에 대해 아파'라는 문장이 '나는 그것에 대해 지긋지긋해'라는 뜻이 된 것은 아마도 지속된 아픔은 지긋지긋하기 때문이 아닐까 싶다. 처음 혓바늘이 돋으면 불편하긴 해도, 오 신기한데? 하면서 혓바닥으로 자꾸 깔짝거려본다. 레이노이드증후군 때도 손가락 끝이 자꾸 파래지는 게 신기해서 친구들에게 "이거 봐, 신기하지 않냐?"라고 보여주곤 했다. 하지만 병이 오래가거나 새로운 잔병이 연속해서 찾아오면 지긋지긋해진다. 살면서 싫증 나고 지겨운 경험이 어디 한둘이겠냐마는 몸이 골골거리는 것이야말로, 아, 쫌, 그만!이라는 마음을 불러일으키는 보편적인 경우이기에 이런 표현이 탄생(?)한 것이 아닐까 싶다.

병원에 가면 가장 스트레스를 주는 말이 "스트레스 받지 마세요"이다. 이 단어의 어원이 궁금

해서 찾아본 적이 있다. stress란 팽팽한 긴장 상태 (string)에 그 어원이 있다고 한다. 피아노의 현같이 팽팽한 긴장 상태, 그 자체가 스트레스이고 이 스트레스가 긍정적이면 eustress, 부정적이면 distress라고 한다. 그러니까 스트레스라는 말 자체는 원래 중립적인 단어였는데 어쩌다 보니 부정적인 의미로만 사용하게 된 것이다. 내가 평소에 eustress와 distress라고 단어를 구분해서 썼다면, 내가 받는 긴장과 자극을 무조건 나쁘게 생각하진 않았을 것이다. 하지만 지금은 스트레스를 받으면 좋다, 나쁘다의 판단 과정 없이 무조건 몸에 안 좋다고 부정적으로 속단하게 된다. 그 말만 들어도 뒷골이 당기고 심장이 조여 오는 듯하다. 사실 스트레스는 스트레스 그 자체가 아니라 스트레스가 나쁘다는 믿음이 해악을 끼치는 것인데도 말이다. 스트레스는 죄가 없다.

　　스트레스만큼 억울하진 않겠으나 생경한 단어라서 괜한 오해를 받는 표현도 있다. 나는 오래전부터 늘 손발이 차가워 유독 추위를 많이 타곤 했는데, 언제부터인가 손끝이 저리면서 파래지는 증상이 있어 병원을 찾게 되었다. 다양한 검사 끝에 나온 결과는 '레이노이드증후군'이었다. 난치병의 병명이 파킨슨, 루게릭, 알츠하이머처럼 주로 사람 이름이기 때문에 나는 바짝 긴장한 채로 의사에게 물었다.

　나: (가련한 표정으로) 그럼 저는 어떻게 되나
　요?
　의사: 네? 아, 레이노이드는 정말 심해지면 혈
　관염이나 동맥경화증으로 갈 수도 있지만 환자
　분이 노력하면 어느 정도 완화됩니다.
　나: (아까보다 더 가련한 표정으로) 그럼 제가
　뭘 하면 되죠?
　의사: 음, 일단 겨울엔 꼭 장갑 끼시고요, 설거
　지 같은 거 할 땐 찬물로 하지 마시고요.
　나: ??

　그러니까 내 병은 쉽게 말해 수족냉증인 것인
데, 난데없이 레-이-노-이-드라는 낯선 이름으로 명
명되면서 무시무시한 오라를 뿜게 된 것이었다. 치
료는 그저 손발이 차지 않게 해주면 그만이었다. 주
방 서랍에 두툼한 목장갑을 넣어두고 얼음장 같은
김치를 자를 때 사용하면 괜한 통증은 막을 수 있는
것이다.
　이렇게 병명이 너무 거창해서 환자를 쫄게 만
드는 경우가 꽤 있다. 중이염, 부비동염, 인후염, 편도염, 관절염, 위염, 대장염 등 나를 거쳐 간 모든 병이 사실은 병명이라기보다는 그저 아픈 부위에 염(炎)을 붙인 표현이다. 발음도 고약한 '염'은 염증(炎症)의 염으로, 의미로 치자면 '화(火)가 두 개 겹쳐져서 불이 난다'는 쉽고 생생한 의미를 가지고 있다. 그걸 그저 한자어로 표기해 좀 더 전문적인 병명으로 신분 세탁한 것이다.

- 선생님, 귀가 너무 아프고 찌르는 듯해요: 중이염(＝귓속의 염증)
- 아랫배(대장)가 살살 아파요: 대장염(＝대장의 염증)
- 관절이 욱신거려요: 관절염(＝관절의 염증)

허무하기까지 한 이 '염 시리즈'의 병명들은 어떤 의학적 비밀이나 치료의 핵심 방향이 들어 있기보다는 그냥 어디가 아픈지 위치값을 담고 있다. 성남에 있는 성남중학교, 광주에 있는 광주은행 같은 식이다. 그런데도 귀가 아플 때는 "귀가 너무 아파"라고 말하는 것보다는 "나 중이염이야"라고 말해야 그럴듯해진다. 내가 느끼는 주관적 통증이 염이라는 단어를 거쳐 객관화되는 것이다.

염에서 '-증'으로 표현을 옮겨가면 좀 더 구체적인 의미를 담게 된다. '염 시리즈'가 명사에 머문다면, '증 시리즈'는 어떻게 아프다는 것인지의 동사로 확장된다.

- 피부가 긁은 모양대로 부어요: 피부묘기증(皮膚描記症: 피부에 묘사와 기록이 가능할 만큼 붓는 증세)
- 손발이 너무 차고 시려요: 수족냉증(手足冷症: 손발이 차가운 증세)
- 똥꼬가 가려워요: 항문소양증(肛門搔癢症: 항문이 가려워 긁게 되는 증세)

'증 시리즈'는 '염 시리즈'보다 좀 더 구체적으로 아픔을 담아준다. 병명을 만드는 데에 정해진 절차는 없겠지만, 이왕이면 이렇게 병명이 환자의 경험을 최대한 구체적으로 담아주면 좋겠다는 생각을 한다.

ADHD로 알려진 '주의력결핍과잉행동장애'는 아쉽게도 그 이름이 조금 과한 사례가 아닌가 싶은 병명이다. 언젠가 시어머니들과 며느리들이 나오는

TV 토크쇼에서 나이 지긋한 여배우가 "요즘 엄마들은 이상한 병명으로 멀쩡한 아이를 정신병자로 만든다"고 혀를 끌끌 찼는데 그때 나온 자막이 ADHD였다. 젊은 여배우는 그 말에 대해 ADHD는 의학적으로 존재하는 병명이라고 똑부러지게 반박했다. 그때는 아이가 없을 때라 큰 관심을 두지 않았지만 아이가 초등학생이 되고 나니 많은 부모들, 특히 아들 가진 부모들이 그렇듯 나도 내 아이가 ADHD는 아닐까 전전긍긍했던 시기가 있다(남자아이의 발병률이 3~4배 정도 더 많다고 한다).

ADHD는 attention deficit hyperactivity disorder, 즉 '주의력결핍과잉행동장애'의 약자로, 한마디로 아이가 공격적이고 산만한 것을 뜻한다. ADHD는 결코 정신병이나 뇌 결함이 아닌, 일반적인 뇌 회로가 조금 다르게 작동하는 것이라는데 한국어로 번역된 주의력결핍장애의 '장애'가 주는 뉘앙스가 너무 강해서 도저히 '조금 남다른 (뇌 회로를 가진)' 상태로는 느껴지지가 않는다. 영어로 disorder는 장애(disability)가 아니라 기능의 이상, 혹은 무질서 정도의 수위인데, 적당히 얼버무리듯 '장애'라고 번역되어 실제보다 더 큰 무게를 담게 된 것이다. 전체 아동 청소년의 5~7퍼센트가 ADHD로 진단받는 상황이라고 하니 좀 더 완화된 번역이 필요하지 않을까.

'임신'의 경우는 그 과정에서 겪는 다양한 병적 증세에 걸맞은 표현이 부재해서 당사자들을 힘들게 하는 사례라고 생각한다. 나에게 임신 하면 떠오르는 이미지는 배를 소중하게 감싸 안은 평화롭고 행복한 여성의 모습이었다. 하지만 10개월간 경험해본 임신은 (육체적인 관점으로만 보면) 단언컨대 무수한 잔병 종합선물세트 그 이상도 이하도 아니다. 게다가 대부분의 증세에 '약 처방 불가'라는 가혹한 규칙이 따라붙는다(하혈을 하지 않는 이상, 대개는 치료의 대상이 아니다).

입덧의 경우도 드라마에서 보듯 그렇게 "움! 어머~" 정도의 귀여운 수준이 아니었다. "웩-웩-웩" 이거나 "꾸웨에엑-" 정도의 스케일이 크고 긴 구토가 꽤 오래 지속되었다. 임신 초기를 지나 중기로 넘어서면 속은 늘 더부룩하고, 변비가 생긴다. 임신성 소양증(가려움)까지 심하게 와서 온몸은 손톱으로 긁은 피멍 자국이 가득하고, 배와 허벅지의 살은 지네가 지나간 듯 터진다. 빈뇨에 방광염이 생겨 아래가 늘 축축하고 아프기도 하다. 후반으로 가면 없던 치질이 생기기도 하고 몸이 앞으로 쏠리면서 허리 통증은 말할 것도 없고 치골이라는 전에는 듣도 보도 못한 부위가 빠져나갈 듯이 아파온다. 배 뭉침이라는 불쾌한 통증이 지속적으로 발생하기도 한다(꼭 배에 쥐가 난 것만 같다). 임신 말기가 되면 온몸의 관절 마디마디가 시큰거리고, 이가 흔들리는 경우도 있다. 갈비뼈가 극심하게 눌려서 숨 쉬기 어려운 순간도 온다.

이런 모든 증상은 병으로 분류되지 않고 그저 "임신성~(당뇨, 소양증, 방광염, 변비, 위염 등등)"이라는 단어 속에 블랙홀처럼 빨려들어간다. 월경을 할 때 '월경전증후군'이라는 이름을 통해 그 불편한 고통이 단순히 예민한 여자들이 느끼는 불편함이 아닌 구체적인 아픔임을 인정받게 되었듯이, 임신 또한 그래야 하지 않을까. 새 생명이 축복인 것은 맞지만, 그 생명을 만드는 과정의 주체인 여자의 몸은 분명히, 확실히 아프고 고통스럽다.

병명이 그 고통의 무게를 다 담지 못해 환자의 고통이 배가되는 심각한 사례로 아주 오래전 어떤 다큐멘터리를 통해 알게 된 복합부위통증증후군(CRPS: complex regional pain syndrome)이라는 생경한 병을 꼽을 수 있을 것 같다. CRPS는 교통사고나 단순 골절 사고 등의 외상 후 특정 부위에 발생하는 신경병성 통증으로, 한번 통증이 생기면 아주 작은 자극에도 극심한 고통을 느끼게 되는 무서운 병이라고 한다. CRPS 환자에게 통증이 시작되면 세수나 샤워도 할 수 없다. 샤워기에서 나오는 물줄기가 마치 거대한 바늘로 몸을 찌르는 것처럼 고통스럽게 느껴지기 때문이다. 누군가 그 환자를 부르기 위해 팔목을 잡으면 쇼크로 쓰러지기도 하고, 이불만 덮어도 거대한 바위에 깔려 압사당할 것 같은 통증을 느낀다고 했다.

극대화된 고통 속에 사는 것 자체도 무섭지만, 더 공포스러운 것은 당시에 그 병이 잘 알려지지 않았다는 사실이었다. 다큐에 소개된 한 청년은 수많은 병원을 전전하면서도 원인을 찾지 못하다가 결국 어렵게 CRPS로 진단을 받고 치료를 시작했다. CRPS는 국내에서는 더더욱 생소한 병인 탓에(외국은 이 병으로 장애 등급을 받을 수 있었지만) 그 청년은 입영고지서를 받고 결국 입대를 하게 된다. 샤워기 물살에도 극심한 고통을 느끼는 그가 군대에서 정상적으로 훈련을 받기란 불가능한 상황이었고, 청년의 부모님은 국방부에 여러 차례 눈물로 군 면제

청원을 했지만 기각되었다. 청년은 어쩔 수 없이 여러 번 쇼크로 기절을 하면서 군 생활을 이어갈 수밖에 없었다.

복합부위통증증후군이라는 병명 자체만 봐도 의학계가 이 병의 정체를 잘 파악하지 못했음을 보여준다. 어디에 통증이 있을지, 어떻게 통증이 왔는지 당시엔 밝혀진 것이 없으니 그저 '복합적으로 통증을 느낀다'는 추상적인 병명을 붙이는 데에 그친 것이다. 만약 병명을 '과잉통증성 급성쇼크증후군'이라는 식으로 좀 더 주변인들의 관심과 걱정을 끌어낼 수 있는 병명이었다면 어땠을까.

김수지 하면 자연스럽게 여자가 떠오른다. 강찬이라는 이름은 어쩐지 튼튼하고 운동을 잘할 것 같다(물론 그렇지 않을 수도 있지만 대개의 경우 그렇다는 말이다). 이름이란 무수한 타인들과 자신을 차별화하는 도구이지만, 한편으로는 일반화시키는 굴레이기도 하다. 특히나 그것이 병의 이름일 경우에는 그래서 더 신중한 작명이 필요하다고 생각한다.

우리나라에선 잘 알려진 '화병(火病)이라는 말이 공식 학술 용어 'Hwa Byung'으로 등록되어 있다고 한다. 정신건강을 연구하는 많은 이들이 살펴본 결과, 한국 사람들(특히 중년 여성)에게서 보이는 화병 환자들의 심리 상태가 분노감(anger)과 비슷한 듯하지만 그런 사람들이 폭력성이나 충동성보다는 오히려 우울(depression)과 무기력(lethargy) 상태라는 특이점을 발견했다. 우리말로는 "속으로 삭히는" 심리 상태가 매우 특수하고 기존의 병증과는 다르기 때문에 한국말 그대로 '화병'이라고 부르는 게 맞다고 판단한 것이다.

정신건강학에서 관리하는 병들은 다 번호가 있고, 통합적으로 관리된다고 하는데 이렇게 새로운 이름을 인정하게 되기까지 얼마나 많은 의사들과 전문가들이 고민하고 토론했을까. 심리를 연구하는 분야여서 가능한 일이었을 수도 있지만, 병명에 대해서 이러한 심도 있고 세심한 작명이 필요하다고 생각한다. 병명 하나로 환자의 투병 생활의 장르가 비극이 될 수도 따뜻한 드라마가 될 수도 있기 때문이다.

피로, 잔병치레의 문지기

현대인이 가장 많이 하는 말을 누군가 통계로 낸다면, 그중 TOP3 안에 드는 말은 "피곤해"가 아닐까. 우리는 돈 버느라 피곤하고, 사람을 만나느라 피곤하고, 휴가를 준비하느라 피곤하고, 휴가를 다녀왔기 때문에 피곤하다. 피곤은 그림자처럼 늘 우리를 따라다닌다. 피로(疲勞)란, 말 그대로 '노동을 많이 해서 심신이 고되고 힘든 상태나 느낌'을 말한다. 사람은 어떤 식으로든 매일 일을 하기 때문에 피로는 불가피하다. 그렇기 때문에 지구상의 모든 사람은 하루 동안 사용한 에너지를 충전하기 위해 매일 한 번은 수면을 취하는 것이다. 하지만 살다 보면 차곡차곡 쌓여가는 피로를 풀 수 없는 순간들이 찾아오기 마련이다. 내 경우에는 프로젝트가 급박하게 돌아간다든가, 오래 준비한 보고서를 상사에게 까여서 처음부터 다시 해야 한다든가, 며칠간 꼼짝없이 독박 육아를 해야 하는 상황이 그렇다. 충전되는 속도보다 방전되는 속도가 더 빠를 때는 덫에 걸린 것처럼 피로의 손아귀에 붙잡혀 몇 날 며칠 조리돌림을 당한다.

내 피로의 첫 신호는 다리가 붓는 것이다. 단순히 종아리가 좀 탱탱해지는 정도가 아니라 터질 것 같이 단단하게 부어서 걷기만 해도, 특히 계단을 내

려갈 때 심한 통증을 느낀다. 2차 신호로 식욕이 떨어지기 시작한다. 입맛은 없지만 대개 며칠을 더 야근해야 하는 상황이기에 그냥 꾸역꾸역 끼니를 욱여넣는다. 잘 먹어두어야 한다는 강박 때문인지 서랍 깊숙이 쌓아놓은 홍삼이나 영양제를 벼락치기로 꺼내 먹기도 한다. 그럼에도 내 몸은 "이봐! 에너지가 거의 다 떨어졌어!"라며 토라지듯이 절전 모드에 들어간다. 속은 더부룩해지고, 때로는 식도를 면도칼로 삭삭 긁는 듯한 역류성 식도염이 찾아오기도 한다. 마침내 3차 신호가 온다. 일이 너무 바쁠 때 흔히들 '똥줄이 탄다'라고 하는데 정말 맞는 말이다. 과로가 누적되면 대항과(치질, 치열, 치핵 같은 병)를 한 번은 찾게 된다. 왕년에 일 좀 해본 사람이라면 대항과 출입은 필수 아닌가. 여하튼 똥줄이 타다가 더 심해지면 결국 심신 전체가 타들어가듯 욱신거려온다. 그래서인지 과로의 끝은 '다 타버렸다'는 뜻의 번-아웃(Burn-out)이다(누가 지은 말인지 기가 막히다). 거기에 4차 신호인 불면이 시작되면 문제는 복잡해진다. 잠을 충분히 못 잔다는 것은 어찌 되었건 충전을 통해 그나마의 생활을 버티게 해주던 보급선이 끊겼다는 의미이기 때문이다. 잠을 못 이룬다는 것은 조금은 만만하게 봤던 피로가 디스크, 치질, 방광염, 갑상선염, 중이염, 독감, 대상포진 등의 중대형급 잔병들을 떼로 몰고 올 수 있다는 뜻이다. 내 몸이 잔병에서 중병으로 가는 길목에 들어선 것이다.

이렇게 잦은 피로의 악순환에 갇혔다 싶을 때마다 1: 29: 300이라는 하인리히법칙을 떠올린다. 하인리히법칙은 미국의 한 보험회사 관리자가 만든 산업재해 관련 법칙으로, 1번의 대형 사고가 일어나기 전에 29번의 작은 사고가 일어나고, 그 전에는 300번의 사소한 징후가 나타난다는 것이다. 만약 내가 300번 정도 피로하다고 느낀다면 아마 301번째에는 어떤 잔병이 나타날 것이다. 그리고 그 잔병의 증상이 29가지 정도 지속된다면 나는 1개의 큰 중병에 걸릴 수도 있다. 하인리히법칙이 의미 있는 건 어떤 대형 사고도 갑자기 툭 하고 발생하는 것이 아님을 시사하기 때문이다. 하나의 대형 사고가 일어나기 전에는 무려 329번의 사전 징후가 있다. 피로와 잔병은 스스로에게 보내는 사전 신호이다. 사회 초년생 때는 잘 몰랐지만 지금은 그 사전 신호의 무게감을 잘 안다. 내 옆의 친한 동료들이 삼사십대에 갑상선암이나 유방암 등으로 갑자기 긴 휴직에 들어가는 것을 종종 보게 되기 때문이다.

피로가 몰려올 때 그 신호를 진지하고 뻔뻔하게 받아들일 줄 알아야 한다. 슬그머니 빈 회의실에 들어가 문을 잠그고 쪽잠을 자든, 친척이 (또) 돌아가셨다고 하며 칼퇴를 하든, 어떻게든 내 몸이 충전을 할 수 있는 강제적인 환경을 만들어줘야 한다. 물론 잠깐 쉰다고 할 일이 줄어들지도 않을뿐더러 동료나 상사에게 괜한 눈칫밥을 먹기도 싫다. 하지만 그럼에도 뻔뻔하게 자리를 박차고 나올 필요가 있다. 그건 단순히 공간적인 탈출이 아니라 정신적인 탈출—스마트폰을 끄고 노트북을 닫는—을 포함하기도 한다. 내가 피로를 푸는 기본 원칙은 '혼자'가 되는 것이다.

내 달력에는 두어 달에 한 번씩은 S라고 표시된 반일짜리 휴가 일정이 있다. 잡아둔 S 시간이 되면 조용히 가방을 들고 회사를 빠져나와 동네 카페에서 스터디(Study)—주로 책을 읽거나 SNS의 관심 있는 피드를 읽는다—를 하거나 사우나(Sauna)에 간다. 회사 수면실에서 잠(Sleep)을 청할 때도 있다. 수면실이 없던 회사에 다닐 때는 근처 모텔에서 두 시간 대실료를 내고 눈을 붙이고 나오기도 했다 (나중에 남자친구가 결제 내역을 보고 오해를 해서 곤욕을 치렀다⋯). 이 S 일정은 바쁜 회사 업무, 육아, 경조사 등으로 이리 치이고 저리 치이다 보면 실현 자체가 불가능해질 수 있기 때문에 나는 아예 일정을 정기적으로 잡아둔다. 워라밸이란 널널하고 유동적인 라이프스타일을 말하는 것이 아니다. 오히려 융통성 없이 무조건적으로 지켜내야 하는 라이프시스템인 것이다. 그래서 이번 달에도 바쁜 일정 속에서 나만의 시간을 잡아본다.

골골거리는 사람들을 위한 변명

아픔에 대해서는 할 이야기가 많지만, 아픈 사람에 대해서는 쉽게 입이 떨어지지 않는다. 아픈 사람은 대개 신경이 곤두서 있고, 양미간에 주름이 가득하며 어두운 표정을 하고 있기 때문이다. 아플 때의 나는 매력적이지 않다. 골골거리는 사람이 내뱉는 말이라고는 언제부터 아팠고, 지금은 얼마나 아프고, 앞으로 나아지긴 할지 모르겠다는 비관적인 얘기들뿐이다. 골골거릴 때는 이제 그만 아프길 바라면서도 그것 외에 다른 얘깃거리가 없는 사람처럼 오직 자신의 아픔에 대해서 떠들어댄다. 그렇기 때문에 대화 자리에서 환대받기 어렵다. 한동안 '우아하고 긍정적이면서 위트 있게 아픈(!)' 사람이 되어보려고 노력한 적도 있다. 그러나 그 시도는 성공하지 못했다. 기본적으로 육체가 아프면 내면에서 짜증이 치밀어 오른다(그걸 속으로 삭이든 말든 짜증은 난다). 짜증의 본질은 내 몸이 내 뜻대로 되지 않는 것에 있다.

물론 인생에 내 뜻대로 되지 않는 것이 어디 한둘인가. 연인이 갑자기 헤어지자고 하거나 승진이 안 되거나 자녀가 말을 들어먹지 않는 식의 고통이 우리에겐 늘 있다. 하지만 이것들의 원인은 타자, 즉 외부에 있는 데 반해 아픔은 내부, 즉 자기 자신에게서 일어나기 때문에 더 받아들이기 어렵다. 나는 내 몸의 아픔을 원하지 않는데 내가 내 말을 듣지 않는 것이다. 그러니 짜증이 날 수밖에 없다. 사람은 누구나 자기 자신을 사랑한다. 그렇지만 아플 때의 자기 자신을 사랑하기는 어렵다.

아플 때 나에게 느끼는 사랑이란, '아픈 자신'이 아니라 '아픔을 견디는 자신'이다. 아픔으로 인해 단수로서의 나는 복수화된다. 스스로에게 '나 또 아프네?'가 아니라 '너 또 아프냐?'라고 따져 묻는 것이다. 아픈 몸의 입장에서는 최선을 다해 염증과 싸우고 있기에(그래서 열도 나도, 몸이 붓고, 기침을 하고, 눕고 싶게 만드는 것이겠지만) 그 질책이 못마땅할 수밖에 없다. 건강하고 싶은 목표는 같지만, 아픈 나와 아픔을 겪는 나 사이에 입장 차가 있는 것이다.

그런 상황에서 외부의 누군가가 "또" 아파? 하고 묻는다면 상황은 좀 더 파국으로 치닫는다. 그건 마치 불난 집에 기름을 한 바가지 붓는 것과 같다. 이때의 '또 아파?'라는 질문은 다양한 스펙트럼을 갖는다.

• 제1의도: (너는 자기 관리를 얼마나 못 하

면) "또 아파?"라는 질타

- 제2의도: (걱정도 되고 안쓰러워서) "또 아파?"라고 하는 연민
- 제3의도: (지난주에 아팠는데 어떻게 다시) 또 아플 수 있지?라고 묻는 놀람
- 제4의도: (그 정도 아픔에 너무 엄살 부리는 건 아닐까 싶어) 정말 아픈 건지 확인해보는 의심

사실 또 아프냐는 질문은 '네', '아니요'를 필요로 하지 않는, 의문문의 탈을 쓴 명령문이다. 어떤 의도로 물어보았건 결론은 '그만 좀 아파!'라는 것인데 그 말이 아픈 이들에게는 깊은 상처가 된다. 아프고 싶어서 아픈 사람은 없기 때문이다. 물론 맨날 아픈 사람을 보는 것도 지치는 일이라는 걸 안다. 누군가 아프면 곁에 있는 주변인은 제때 끼니를 챙겨 먹기 힘들 수도 있고, 육아나 살림을 도맡아야 할 수도 있다. 혹은 계획된 여행을 취소해야 하는 번거로움을 감수해야 한다. 귀찮고 짜증나지만 그런 내색을 대놓고 하기도 어렵다. 속내를 직접적으로 드러내기는 어렵기 때문에 결국 위로랍시고 던지는 말은 고작 '병. 원. 에. 가. 봐', '그. 냥. 진. 통. 제. 를. 먹. 어'

이다.

　하지만 아픈 사람에게 필요한 것은 그런 지시보다는 지원과 지지다. 같은 말도 이왕이면 내가 병원에 데려다줄까? 내가 진통제 좀 사다줄까?라는 식으로 YOU(너)가 아닌 I(나)가 주어인 화법을 써주면 어떨까 싶다(부부 갈등 대화법과 같다). 아픈 사람은 이미 '아픈 몸뚱이'와 '아픔을 이겨내야 하는 나'의 싸움 속에 있다. 외부의 공격을 막아내지 못한 자아와, (그래서 아프게 된 몸을) 회복하려는 자아로 분리되는 것이다. 원인 제공자와 문제 해결자를 분리해야 질책할 대상이 분명해지기 때문에 아픈 이들의 자아분열은 자연스러운 과정이다. 하지만 실제로 아픈 나는 그렇게 분리될 수 없다. 그리고 나와 나를 분리하여 싸워봤자 득 될 것이 없다. 그런 점에서 아픈 당사자도, 그 주변인들도 아픈 존재를 적군이 아닌 아군으로 인정해주고 같은 편에 서주는 것이 효율적이다.

　언젠가 극심한 위경련으로 응급실에서 링거를 맞으며 자책감과 짜증에 몸을 뒤척이고 있었다. 그때 시어머니로부터 전화를 받았다. 이런저런 위로의 말끝에 이런 얘기를 하셨다.

"있잖아. 아픈 부분을 손으로 만져주면서 미안해 고마워, 라고 천천히 말해봐. 정말 효과가 있어."

그때는 그 말이 너무 낯간지러워 그냥 흘려버렸다. 팔에 꽂아놓은 주삿바늘도 효과가 없는 것 같은데 그따위 독백이 무슨 소용인가 싶었다. 이틀 뒤에 아픈 속을 추스르고는 오랜만에 세수를 하러 거울 앞에 섰다. 퀭한 눈빛에 핏기 없는 얼굴을 보고 있자니 스스로 안쓰러운 마음이 들어, 배를 만지면서 나직하게 말해보았다.

"몸아 미안해, 그리고 수고했어."

그 순간 갑자기 왈칵 눈물이 쏟아져 꺼이꺼이 울고 말았는데, 마치 몸 안에 뜨거운 병 덩어리가 빠져나가는 것만 같았다. 아픈 몸이 무엇인가로부터 놓여나는 것처럼 말이다. 그때 아픔으로 분열되었던 자아가 대치 상태를 풀고 비로소 '하나'가 되었던 게 아닐까 싶다.

자기 용서란 그러한 유감의 감정 속에서도 자신을 끌어안으며 자신을 미래에 열어놓는 것과 같다. 스스로에게 정말 미안하라고 말하는 동시에 유감을 표하는 자신을 인정하고 이 과정에서 비로소 자신을 용서하고 앞으로 나아가는 것이 자기 용서의 중요한 측면이다.

— 강남순, 『용서에 대하여』(동녘)

오랜 시간이 지나서야 그 순간이 일종의 자기 용서의 과정임을 깨달았다. 자기를 용서하기란 타인을 용서하는 것보다 더 어렵다. 화가 난 자신과 화를 제공한 자신의 분열된 상태를 있는 그대로 받아들여야 할 뿐만 아니라, 이 두 자아가 007 가방을 주고받듯이 동시에 사과를 주고받아야 하기 때문이다. 더군다나 이 과정은 나의 내면에서 일어나므로 한쪽이라도 진심이 아니라면 바로 눈치챈다는 점에서도 자기 용서는 어렵다. 그럼에도 분열된 자아는 결국 화해를 할 수밖에 없다. 몸이 아프든 아프지 않든 우리는 계속 살아가야 하고, 내 몸의 근원적인 목적은 살아 있음에 있으니까.

몸이 아픈 이유는 다양하지만, 모든 사람의 몸은 어떻게든 회복을 하려고 발버둥 친다. 심장은 뛰고, 교감 부교감 신경이 들썩거리며, 간이 최대치로 가동되면서 백혈구가 시동을 건다. 이 모든 일들은 내 의식과 상관없이 저절로 일어난다. 의사의 도움을 받기도 하지만 기본적으로 몸의 회복은 내가 알 수 없는 자동적인 신체 기제에 의해 이루어진다.

그런 내 몸을 신뢰하고 응원하는 것은 같은 편인 내가 할 수 있는 가장 합당한 반응인 것 같다. 아픈 몸과 팀워크(team work)를 이루는 것이 병을 대처하는 기본자세임을 몇 년간의 골골이 생활을 통해 배운 것이다. 그 이후로 어딘가 아프면 주문을 외워본다. 고생이 많아, 잘하고 있어, 고마워.

병을 고치는 사람들

음식을 많이 먹어본 사람이 요리를 잘하듯, 치료도 아파본 사람이 잘하는 게 아닐까라는 생각을 해본 다. 물론 몸을 고치는 직업을 가진 이라면 건강해야 하겠지만, 내가 의사나 물리치료사에게 감동하는 순 간은 '어, 이 사람도 아파봤나?' 하는 생각이 들 때 이다. 한 파스 광고를 보며 비슷한 생각을 한 적이 있다. 파스 하면 펭귄 그림이 있는 제일파프였던 시 절에 '케토톱'이라는 상품이 야심차게 출시되었다. 케토톱은 공룡 이름과도 같은 케토프로펜이라는 물 질이 들어간 파스로 이름이 꽤나 낯설었는데, TV 광 고에서 "지긋지긋한 어깨, 무릎 통증 − 캐내십시오, 케토톱"이라고 하는 게 아닌가! '캐내십시오'라는 문구를 보고 나는 무릎을 쳤다. 분명 그 말을 뽑아낸 광고 제작자는 목이나 어깨, 또는 허리가 어지간히 아파본 사람이었을 것이다. 그러지 않고서야 근골격 쪽이 아플 때 그 부분의 살점을 정말 뜯어내버리고 싶은 심정을 어떻게 안단 말인가. 근육 좀 아파본 사 람이라면 '캐낸다'는 광고 카피를 듣고 그 제품을 잊 어버리기는 쉽지 않을 것이다.

나는 십대 때부터 일찌감치 허리 디스크에 입 문하여 긴 치료의 여정을 시작했다. 여러 가지 치료

중 가장 오래 받았던 건 물리치료였다. 그런데 별 차도가 없자 아빠는 고향 친구의 후배가 하는(그 정도면 남이 아닌가 싶었지만…) 한의원에 가보자고 했다. 치료법은 양방에서의 물리치료와 크게 다르지 않았지만 침을 놓고 그 침에 집게를 달아 전기 자극을 준다는 것, 부항이라는 옵션이 추가된다는 것이 달랐다. 부항은 침을 놓은 자리에 반구형의 부항단지를 흡착하여 그 안의 공기를 빼내고 진공상태의 압력으로 어혈을 뽑아내는 치료이다. 쉽게 말해 허리에 구멍을 뿡뿡 내서 죽은피를 쪼옥 뽑아내는 다소 원초적인 치료이다. 처음에야 맨살에 침구멍을 쿡쿡 낸 뒤 피를 뽑아내는 과정이 끔찍하게 아프지만, 하다 보면 묘한 중독성이 있다(그래서인지 여탕 사우나에서는 수많은 아주머니가 실리콘 재질의 보급형(?) 부항단지를 아픈 부위에 덕지덕지 붙이고 있다. 선명하게 멍 자국이 남는데도…).

　어느 날인가, 늘 하던 대로 치료를 진행하고 마지막으로 부항을 떴다(부항은 왜 '뜬다'고 하는지 모르겠지만 그게 이 업계의 용어이다. 아마도 죽은 피를 떠낸다는 의미가 아닐까 싶다). 부항을 뜰 때면 피를 쏟아내서인지 늘 졸음이 몰려왔고 그날도 엎드린 채로 잠이 들었다. 등에서 따뜻한 피가 살살 흘러

나오는 느낌이 좋았다. 얼마나 지났을까. 잠에서 깨 보니 병원 안은 어둑어둑했고 아주 조용했다. 직원들이 모두 퇴근을 해버린 것이었다. 그대로 일어나면 부항단지가 빠지면서 피가 흘러내릴 것이고, 그냥 누워 있자니 이대로 하루가 지나버릴 수도 있겠다는 생각에 망연자실했다. 어쩌지? 어떻게 하지? 복잡한 머릿속으로 수십 분을 그러고 있는데 갑자기 또각또각 하이힐 소리와 함께 누군가 들어왔다. 나는 다급하게 소리쳤다.

"저기요…. 저 좀…!"

그러자 하이힐의 주인공이 소리를 지르며 달려왔다.

"어머나! 어떡해!"

막내 간호사였다. 원장 선생님이 학회 일로 먼저 나가며 그에게 마무리를 부탁했는데 까맣게 잊고 퇴근해버린 것이다. 마침 비가 부슬부슬 내리기 시작해 우산을 가지러 다시 들어왔다가 나를 구조(?)할 수 있었다. 부항단지 속 피는 이미 딱딱하게 굳어서 마른 휴지로는 잘 닦이지 않았다. 당혹감에 울먹이며 사과하는 간호사에게 나는 덤덤하게 인사를 건넨 뒤 한의원을 나왔다. 그 간호사는 내가 사라질 때까지 90도로 몸을 숙여가며 사과를 했다. 그 모습이 마음에 걸려 아빠에게는 한의원이 너무 멀어서 그만 다니겠다고 말하고 그곳에서의 치료를 중단했다.

다음 에피소드는 좀 더 심각한 이야기에 해당한다. 몇 년간 손끝이 떨어져 나갈 듯이 시리고 저리는 수족냉증으로 고생하다가 용하다는 한의원을 추천받아 가게 되었다(공교롭게도 또 한의원이라서 조금 미안하지만 어쨌든 한의원에서 일어난 일이다…). 그곳 한의사는 거의 30여 분 동안 정성스럽게 문진을 한 뒤에 나에게 쥐똥 모양의 검은색 환약을 처방해주었다. 대개 약은 보름치를 지어주는데 그 약은 일주일에 한 번씩 상태를 보면서 양을 조절해야 한다고 했다. 일주일 뒤 한의사는 차도가 있는 듯하니 양을 조금 늘려보자고 했고, 그래서인지 그날 받아온 약봉지는 종이가 터져 나갈 것처럼 두툼했다. 처음 들어 있던 환의 개수가 10개 정도라면 40개 정도로 늘어난 것이다. 잠깐 갸우뚱했지만 별생각 없이 약을 먹고 잠이 들었는데 새벽에 축축한 느낌이 들어 눈을 떴다. 깨어보니 온 몸이 땀으로 흠뻑 젖어 있었고 몸에 감각이 없다는 느낌이 들었다. 뭔가 잘못되었다는 것을 직감했다. 자고 있던 남편을 깨워 급히 응급실로 향했다. 차 없는 새벽 도로를 날 듯이 달려 불과 5분여 만에 병원에 도착했는데도, 그 짧은 시간 동안 목과 입술까지 점점 마비되는 느낌이 들었다. '아, 나는 이제 죽는구나'라는 생각이 들어 남편 손을 꼭 잡았다(그때는 신혼이었다…). 차에서 내렸을 때는 다리를 가누지 못할 만큼 힘이 없어 남편과 경비원의 부축을 받아 응급실로 들어갔다. 도착했을 때 (아마도 너무 놀라서) 호흡 상태가 좋지 않아 잠시 산소호흡기를 낀 채 근육 이완제를 맞았고, 몇 시간 뒤 마비된 느낌이 가라앉아 일단 집으로 돌아왔다.

다음 날, 남편과 나는 한의원 문 여는 시간에 맞춰 문제의 한약 봉지를 들고 한의사를 찾아갔다. 남편은 격앙된 목소리로 간밤의 일을 이야기했고, 한의사는 다 듣더니 자신이 처방한 약이 잘못 제조되었다고 시인했다. 그 약은 '부자'라는 약재로, 독성이 강해 한의사 중에서도 면허가 있는 사람만 처방할 수 있는데 실제 처방한 양보다 두 배 더 많이 조제됐다는 것이었다. 자신은 제대로 처방을 했는데 조제 과정에서 실수가 생겼다고 했다. 내가 겪은 '엄청나게 식은땀이 나면서 마비된 듯한 증세'는 『동의보감』에 나온 일종의 명현(瞑眩)현상이라고 했다

(『동의보감』을 직접 펴서 보여주었지만 온통 한자로 써 있어서 읽을 수는 없었다…). 한의사는 치료비 전액을 환불해주고 해독제도 지어주겠다고 했다. 하지만 더는 그 한의사에게 내 몸을 맡기고 싶지 않아서, 당장 고소를 하자는 남편을 조용히 끌고 나왔다(친구들은 방송국에 제보를 하거나 온라인에 게시하라고도 했다).

그날의 응급실 소동은 마음속에 악몽으로 남아 있고, 몸이 예전처럼 돌아왔다고 느끼기까지 그로부터 꽤 많은 시간이 흘러야 했다. 그때 내가 그 일을 더 문제 삼지 않은 것은 문진을 30분 넘게 하면서 나를 낫게 해주려고 애쓴 그 한의사의 진심을 믿었기 때문이다. 또한 그가 발뺌하지 않고 자신의 잘못을 바로 시인했기 때문이기도 하다. 뉴스를 통해 보는 의료사고에서 의사들이 잘못을 인정하는 경우는 거의 없다. 그래서 그가 바로 고개 숙여 사과를 했을 때는 잠깐 고마운 마음마저 들었다. 환자는 돈이 많든 지위가 높든 병원에서는 을의 위치에 있다. 그래서 치료 과정을 그저 믿고 갈 수밖에 없다. 실수는 분명 잘못이지만 더 나쁜 것은 실수를 인정하지 않는 것이 아닐까.

아, 써놓고 보니 실수를 인정하지 않는 것보다

더 나쁜 사례도 있다. 실수(문제)인지도 모르는 무감각. 꽤 오래전 갑작스러운 복통으로 동네의 중형급 병원 응급실에 가게 되었다. 검사 결과 급성 맹장염(충수돌기염)이었고, 의사는 맹장이 터진 것 같으니 당장 수술이 필요하다고 했다. 그러고는 이렇게 물었다.

의사: 어떤 수술 방법으로 하시겠습니까?

나: 아, 어떤 방법이 있죠?

의사: 싼 것과 비싼 것이 있습니다.

나: 네?

의사: 싼 것은 맹장 바로 위를 절개하기 때문에 회복이 더디고 수술 자국이 남고요. 비싼 것은 배꼽 아래에 손톱만 한 절개를 하고 복강경을 삽입해 수술하므로 회복이 빠르고 흉터도 거의 남지 않습니다.

나: ….

어쩌면 그 의사도 처음에는 싸다, 비싸다가 아니라 개복과 복강경이라는 전문적인 용어를 써가며 설명했을 것이다. 그러다가 자꾸 환자들이 그래서 가격은요? 라고 물어보는 통에 단도직입 화법으로 바꾸었을 수 있다. 하지만 아무리 귀찮아도 의사라면 응당 금액이 아니라 수술 방법을 먼저 얘기해야 하는 것 아닐까. 하물며 미용실에 펌을 하러 가도 가격이 아니라 시술 과정과 웨이브의 결과에 대해 먼저 얘기한다. 그는 내 충수염을 제거하는 30여 분 동안은 의사였을지 모르지만, 그 외의 시간에는 환자의 회전율과 매출을 따지는 장사꾼과 다를 바가 없었던 것 같다.

이번 에피소드의 주인공은 치과 의사다. 언제부터인가 회사에서 중요한 보고 일정이 잡히면 스트레스로 밤마다 이갈이를 하게 되면서 치과를 찾았는데, 양심적으로 치료하고 합리적인 비용만 청구해서 나 같은 단골이 많은 동네의 작은 치과였다. 최근에 잇몸이 시려 예약 전화를 했는데 어쩐 일인지 의사 선생님이 직접 전화를 받았다. 다음 날로 예약을 잡고 병원에 가보니 수납과 진료 보조를 하는 간호사들이 한 명도 보이지 않고 덩그러니 의사 선생님만 있었다. 사연인 즉, 주변에 새로 생긴 대형 프랜차이즈 치과의 더 좋은 급여 조건에 간호사와 치위생사들이 우르르 이직을 해서 난 사달이라고 했다. 선생님은 아직 사람이 구해지지 않았고 예약된 환자들과의 약속은 지켜야 하겠기에 혼자 이러고 있다고 머쓱해했다. 나는 조금 망설이다 조심스럽게 "제가 오후에 나와서 예약 전화라도 받을까요?"라고 물었다. 선생님은 손사래를 치며 말만이라도 고맙다며 치료를 이어갔는데, 어떤 사람이 조용히 들어오더니 포장 도시락을 수납대 위에 올려놓고 갔다. 오전에 진료를 받은 단골 환자가 사정을 듣고 점심이라도 거를까 싶어 사 온 것이다. 내가 이 치과의 단골 환자 중 한 명이라는 게 어쩐지 뿌듯해지는 순간이었다. 몇 달 후 정기치료를 받기 위해 다시 병원을 찾았는데, 여전히 선생님 혼자 일하고 있었다. 행정 직원에 치의사까지 두면 하루에 환자를 빈틈없이 많이 볼수 있어 매출도 크지만 대신 지출(인건비)도 큰 반면, 지금처럼 본인 혼자 감당할 수 있는 만큼만 환자를 받으면 매출은 줄어도 따로 나가는 비용이 없어서 벌이가 괜찮다는 것이다. 그는 "워낙 오래 다닌 분들이라 예약하면 취소도 잘 안 하시고 시간 딱딱 지켜서 와주시니 할 만해요"라며 배시시 웃었다.

자의든 타의든 최근의 프랜차이즈식 병원 산업과 반대의 길을 가는 선생님을 더 응원하고 싶어진다. 의사들의 인간적인 면모는 확실히 동네 병원에서 더 자주 만날 수 있기 때문이다. 아무래도 큰 대학병원은 빈틈없이 짜인 매뉴얼대로 움직여야 하기 때문인지 의사의 캐릭터를 느끼기는 어렵다. 물론 중대하거나 복잡한 병 혹은 대단위의 환자를 처리하기 위해서는 대형 종합병원도 있어야 한다고 생각한다. 하지만 늘 비슷한 맛을 보장하는 대형 체인 커피숍도 좋지만, 주인장의 실력과 취향에 따라 제각각 맛이 다른 작은 카페들도 매력적이다. 의사 선생님이 하나뿐인 이런 작은 병원은 큰 병원이 주지 못하는 것을 준다(음, 일단 동네 병원에는 달달한 커피믹스와 구수한 둥굴레차가 있다).

동네 의사 선생님들의 가장 큰 차별 포인트를 꼽자면 적극적인 추임새이다. 백발이 성한 노인이 진료실에 들어서면 의자에 앉아 증상을 말하기도 전에 전주가 터져 나온다.

"아이고오오~ 할머니임~ 무릎이 말이 아니네요. 정말로 아프셨겠어요."

그 말 한마디에 자글자글 주름이 가득한 어르신 얼굴에 미소가 어린다.

식도염과 위경련으로 들른 나의 단골 내과의 선생님 멘트 또한 오래 기억에 남는다.

"하, 참… 정말로 회사를 그만두고 쉬면 좋겠는데…. 일단 링거 맞으면서 한두 시간이라도 좀 자둡

시다."

　말 한마디로 천 냥 빚…은 아니지만 난데없이 받은 퇴직 권유(회사 그만두고 쉬라! 쉬라!)가 얼마나 좋았는지 마음이 찡했다. 아픔을 알아봐주는 의사들의 추임새에는 확실히 플라세보효과(palcebo effect) 그 이상의 실질적인 효능이 있다. 아이고 죽겠다 싶다가도, 조금 살 것 같다 하면서 병원을 나오게 되니까 말이다.

　사실 의사는 결코, 결코 쉽지 않은 직업이라고 생각한다. 늘 아픈 환자들을 상대해야 하니, 육체뿐만 아니라 감정까지 지치는 것은 당연한 일이다. 언젠가 업무차 알게 된 한 대학병원 정신과 의사 선생님이 이런 고백(?)을 했다.

　　의사: 상담실에 왜 사탕이나 초콜릿 가득한 바구니가 있는지 알아요?
　　나: 글쎄요. 휴지가 있는 건 알겠는데….
　　의사: 상담을 하다 보면 너무 졸리거든요. 정말 졸리면 안 되는데 너무 피곤해서 졸려요.
　　나: 네? 선생님이요?
　　의사: 네, 저도 그게 너무 죄송해서 환자에게 먼저 권해요. "자, 환자분 진정하시고 사탕 하

나 드셔보세요" 하면서 하나 까 주고 그다음
한 알을 더 까서 제 입에 넣어요.

나: 아, 네…. 그렇군요.

이 대화를 듣고 누구도 의사를 손가락질할 순
없을 것이다(오히려 나는 그 얘기를 듣고 그 선생님
이 좋아졌다). 의사 선생님의 이러한 고군분투는 환
자의 마음을 열게 한다. 냉철하고 빈틈없이 치료를
하는 실력도 중하지만 이러한 인간미를 가진 의사
선생님들이 오래오래 잘되길 바란다.

여러 치료의 여정 끝에 가장 기억에 남는 분은
허리 도수 치료를 해준 시각장애인이었다. 앞이 보
이지 않는 이 선생님은 본인이 살고 있는 가정집에
서 치료를 진행했다. 평범한 살림살이가 가득한 빈
방에 두툼한 매트를 깔고 그 위에서 도수 치료 같
기도 경락 마사지 같기도 한 치료가 이루어졌는데,
그 강도가 세서 한두 번 만에 치료를 포기하는 사람
이 많았다. 처음 그 집에 갔을 때는 시각장애인을 실
제로 보는 것이 처음이라 살짝 긴장을 했다. 안녕하
세요, 라고 꾸벅 인사를 하자 선생님은 "키가 작지
만 아주 강단이 있는 환자분이네요"라고 말했다. 나

는 흠칫 놀라 물끄러미 선생님을 쳐다보았다. 분명히 눈을 감고 있었는데도 나를 엑스레이로 찍듯 꿰뚫어 보는 것만 같았다. 나중에 선생님이 말하기를, 시각장애인은 촉각으로 허리의 상태를 파악하고, 청각(환자의 목소리)으로 환자가 어느 정도까지 치료를 버텨줄지를 판단한다고 했다. 불행하게도 내 목소리는 강단이 있어서 치료 강도가 높았다. 선생님의 손끝은 골무를 낀 것처럼 두껍고 단단했다. 그 손으로 아픈 허리 부위를 만지기 시작하면 정말 오줌이 찔끔 나올 정도로 고통스러웠다. 그때마다 선생님은 내게 깊게 호흡을 하라고 했지만 호흡이고 나발이고 너무 아파 온몸에 힘이 들어가는 것을 어쩔 수 없었다. 일부러 마사지를 아프게 해서 허리 통증을 상쇄하는 전략을 펼치는 건 아닐까 싶기도 했다. 그래서 초반에는 치료를 받는다기보다 힘겨루기를 하는 것만 같았다. 하지만 시간이 지나면서 점차 힘을 풀고 편안하게 치료를 받을 수 있게 되었다. 선생님은 치료를 할 때마다 나의 역할을 강조했고(호흡이나 근육 이완 등) 너무 잘하고 있다고 피드백을 해주었다. 그리고 치료의 말미에는 집에서 혼자 할 수 있는 허리 운동법을 알려주었다. 다음 치료 때는, 늘 허리 운동 숙제를 했는지 물었다. 의사와 환자 사이에서 상호 신뢰 관계가 생기면 그것을 라포(lapport)라고 부른다는데, 그때 나는 선생님과 꽤 단단한 라포르가 형성되어 있었다. 대형 병원이 접수-대기-진단-검사-처방-수납으로 이어지는 컨베이어 벨트 위에 환자를 올려놓고 순서에 따라 기계적으로 처리한다면, 이 선생님은 파트너로서 함께 병을 이겨내준다는 느낌이 들었다. 지금 생각해보면 가정집에서의 의료 행위는 불법이 아니었을까 싶지만, 적어도 그 선생님은 내가 치료를 받는 시간보다 치료를 받지 않는 시간에 어떻게 해야 할지를 알려준 거의 유일한 의료인이었다.

환자의, 환자에 의한, 환자를 위한

수술실은 환자의 노력이나 반응이 배제된 채 전적으로 집도하는 사람에게 그 결과가 달려 있는 곳이다. 적당히 담소를 나누며 치료를 하거나, 자잘한 실수 정도는 일어날 수 있는 진찰실과는 다른 것이다. 수술은 그 행위 이전과 이후의 결과가 달라야 하는, 목표하는 바가 분명한 장소인 만큼 모든 것이 의술을 극대화될 수 있도록 설계되어 있다. 그러다 보니 의술의 주체가 아닌 사람, 즉 환자에게 수술은 의도치 않게(!) 곤욕스러울 수 있다.

앞서 고백했다시피 사회 초년생 때 치열이 극심해져 버티고 버티다 결국 병원을 찾았다. 이십대 후반의 젊은 여자가 대항외과 진료실 문을 두드리기까지는 큰 용기가 필요했다. 병원을 많이 다녀봐서 웬만한 검사에는 무덤덤한 편이지만 대항외과는 '항'이라는 글자 때문인지(항복, 항거…) 이름에서부터 사람을 주눅 들게 만들었다. 처음 진료실에 들어가면 일단 하의를 전부 탈의한 채 뒤쪽이 트인 치마를 입어야 한다. 그러고는 간호사의 지시에 따라 검사대 위에 올라가 옆으로 눕는다. 잠시 뒤 들리는 간호사의 낮은 목소리.

"엉덩이 더, 쭉, 쭉, 더요, 더 쭈우욱 빼세요."

그렇게 항문을 도마 위 생선처럼 의사 선생님

앞에 진상하면 간호사가 아까보다 더 단호한 목소리로 말한다.

"힘을 더, 쭉, 쭉 빼세요, 아니요, 더 쭈욱요."

(간호사를 한 대 치고 싶은 것은 아마도 내 마음이 삐뚤어져서일 것이다….)

곧이어 의사 선생님의 집게손가락이 고통의 터널을 비집고 들어온다. 아픈 부위가 항문이니 당연히 그곳을 검사하리라는 것은 알았지만 그렇게 내시경이나 주삿바늘 같은 의료 도구가 아닌 손가락이 불쑥 들어오게 될 줄은 몰랐다. 부끄러움에 얼굴이 불같이 달아올랐다. 의사 선생님은 그러든 말든 아랑곳하지 않고 구석구석을 체크하고서는 안경을 고쳐 쓰며 내게 말했다.

"빠른 수술이 필요합니다."

며칠 뒤 수술 날짜가 잡혔다. 침대에 누워 수술실에 들어서자 선생님은 수술대 위에 엎드리라고 했다. 수술 부위가 뒤에 있으니 당연한 수순이었다. 엉금엉금 몸을 뒤집고 눕자 선생님은 바로 수면 마취를 시작한다고 했다. 그러고는 갑자기 테이프를 부욱— 뜯는 소리가 났다. 테이프는 토실한 내 엉덩이 살에 부착되어 정확하게 1, 5시 방향과 7, 11시 방향으로 잡아당겨졌다. 잦은 음주와 설사, 늦은 시간의 야근으로 별 볼 일 없던 내 항문에 한 줄기 수술의 빛이 비치게 된 것이다. 환한 조명에 고스란히 드러날 그 부위의 내 주름들을 상상하니 나는 제발 빨리 마취가 되기만을 간절히 바라게 되었다. 눈을 떴을 때는 엉덩이 안쪽에 솜뭉치가 한가득 단단하게 박혀 있었다. 출혈을 막기 위함이었겠지만 돌같이 단단하게 입막음, 아니 항막음을 해서 내가 느낀 수치심이랄까 불편함을 입 밖에도 내지 말라는 단호한 경고처럼 느껴졌다. 퇴원 날, 병원에서는 좌욕기와 일주일 치의 솜뭉치, 연고를 커다란 쇼핑백에 챙겨주었다. 겉면에는 일말의 배려심도 없이 '○○대항외과'라는 글자가 매우 크고 선명하게 인쇄되어 있었다.

여자들이 정말 싫어하는 '굴욕 의자'라 불리는 산부인과의 진료대에 관해서도 할 말이 많다(양다리를 쩍 벌리고 엉덩이를 의자 끝에 간신히 걸쳐놓고 앉게 하는 특수한 의자이다). 물론 여성의 생식기를 검사하려면 어쩔 수 없이 그 부분을 의사가 잘 볼 수 있도록 해야 하지만 다른 형태의 진료대는 정녕 없는 것인가 하는 생각이 든다. 차량을 정비할 때, 차량 바닥을 봐야 한다고 차를 뒤집어놓지는 않는다. 의사도 정비사처럼 평평한 레일이 있는 진료대에 누위 환자의 아래로 들어갈 수도 있지 않을까. 혹은 굴욕 의자에 앉을 때만이라도 진료실 조명을 조금 어둡고 은은하게 낮추어줄 수는 없을까.

이러한 나의 상상들이 출산 현장에서 현실화된 사례가 있다. 국내에서도 아주 소수(몇몇 연예인을 포함해서)가 시도를 하는 '그네 분만'이 그것이다. 우리나라와 달리 외국에서는 여성이 선택할 수 있는 다양한 분만법이 있고 그중 하나가 그네 분만이다. 여기서의 그네는 정말 그네 모양 같기도 하고 NASA에서 무중력 적응 연습에 쓰이는 기계 같기도 하다. 어떤 자세든 팔로 봉을 잡을 수 있어서 산모가 원하는 다양한 자세를(바로 선 자세, 앉은 자세, 쪼그리고 앉은 자세, 무릎을 꿇고 앉은 자세, 웅크리고 누운 자세, 엎드린 자세, 매달린 자세 등) 취할 수 있고 배에 힘을 주기에도 적당하다. 무엇보다 비스듬히 선 듯한 자세를 유지할 수 있어 중력을 더 받아 분만이 쉬워진다고 한다(1만 년 전 사하라 사막의 바위에는 서 있는 자세로 분만하는 한 여성의 모습이 그려져 있다고 하니 스탠딩 출산은 유구한 역사를 가졌을지도 모른다). 산모가 침대에 납작하게 누워서 힘을 줘야 하는 수동적인 방식이 아니라 산모가 이리저리 자세를 바꿀 수 있다는 점에서 훨씬 능동적인 방식인 것이다.

뒤늦게 이 그네 분만대의 장점에 빠져들어 찾아보았는데, 재미있게도 이 분만대는 1995년 스위스에서 허리 통증이 심했던 폴 디건(Paul Degen)이라는 사람이 통증을 완화하기 위해 만든 기구라고 한다. 써보고 나서 너무 좋아 약간의 개조를 통해 자신의 딸 Roma의 첫 출산에 사용했고, 여러 장점이 입증(?)되어 점차 대중화되었다고 한다. 그네 분만대의 원래 명칭도 딸 이름을 딴 Roma Birth Wheel이라고 한다(너무나도 낭만적이지 않은가!). 본인이 느꼈던 (허리) 통증을 아내에게서 덜어주고, 동시에 좁은 산도를 뚫고 나와야 하는 아이의 힘겨움을 최소화해주고 싶었던 아빠의 마음이 새로운 출산의 방식을 만든 것이다. 출산을 집도하는 의사가 아니라 출산을 감당하는 여성의 입장에 집중했기에 비로소 가능한 발명이 아닌가 싶다.

대형 병원들은 환자 번호표 시스템을 만들고, 환자 식별 팔찌를 사용한다. 입원 환자들이 스마트 패드를 통해 간호사를 부르고 여러 가지 요청을 하기도 한다. 그런 첨단 시스템은 언뜻 환자들을 위한 서비스 같지만, 사실은 환자의 회전율을 높이려는 목적을 가진다. ROI, 즉 투자 대비 효과가 있기 때문에 많은 병원들이 기술적인 인프라를 구축하는 것이다. 완전히 다른 방향으로 EQ가 높은 투자자가 나타나 환자들의 불안과 민망함, 주저함 등을 완화하고 정서적 효율을 높여주는 쪽에 투자한다면 얼마나 멋질까 하는 생각을 한다. 온라인 서비스를 만들 때 버튼을 어디에 둘지, 로그인 창은 어떤 크기로 하면 좋을지, 전체적인 서비스의 흐름은 어떻게 잡아야 할지 고민하는 UX(User Experience) 전문가가 있듯이 병원에도 검사와 치료의 모든 경험을 '환자의 입장에서' 설계하는 PX(Patients Experience) 전문가가 필요하지 않을까. 검색해보니 해외에는 PX 콘퍼런스, PX 학교, PX 저널 등이 있다고 하지만(구글링해보았다) 실제적으로 와닿는 사례나 커리큘럼을 찾기란 어렵다.

그나마 떠오르는 PX의 좋은 예는 어린이 전용 치과다. 치과는 치료 장비의 크기와 소리 때문에 남녀노소 할 것 없이 누구나 진료받기 꺼려하는 곳이다. 특히 아이들은 더욱 공포스러워한다. 그래서 어린이 전용 치과의 처치대에 누우면 시선이 닿는 곳에 영상 패드가 달려 있다. 치료가 시작되어 드르르르르 기계 소리가 나기 시작하면 경쾌한 음악이 나오는 헤드셋을 씌워주기도 한다. 촉각은 괴로워도 시각과 청각은 미니 홈시어터에 온 것처럼 만들어 주는 것이다. 그래도 두려움으로 발버둥 치는 아이들이 있다면 처치대 위에서 자기도 모르게 움직이지 않도록(너무 위험하니까) 그물 이불을 덮어 몸을 고정해주거나 웃음가스(불안한 기분을 가라앉히는 아산화질소라는 일종의 진정제)를 넣어주기도 한다. 소아과 선생님들이 뽀로로가 그려진 옷을 입고, 귀여운 캐릭터 인형을 흔들며 아이에게 병을 설명해주는 것도 작지만 쉽게 적용해볼 수 있는 좋은 PX의 예이다. 이 모든 것은 왜 주사를 맞는지, 왜 귀에 뭔가를 넣어서 살펴봐야 하는지, 어떻게 충치 치료가 진행되는지 알 턱이 없는 아이들의 무지함이 괜한 공포로 번지지 않도록 차단해주는 좋은 접근이라고 생각한다.

얼핏 보면 대형 병원들에선 뭐든 착착착 잘 돌아가고 있는 것만 같다. 오랜 기다림 끝에 진료실에 들어가면 짧은 문진 후 의사가 말한다.

"음, 검사가 좀 필요하겠는데요."

그러고 나면 긴 여정이 시작된다.

1번 진료실 앞에 계세요 - 3층 엑스레이실로 가세요 - 저쪽 채혈실로 가시고요 - 이거 들고 2층 MRI실로 가세요 - 원무과 가서 접수하세요 - 다음 예약은 일주일 뒤예요 - 다음 진료까지 수납하시겠어요?

순간 이런 생각이 든다. 검사 따위는 집어치우고 치료나 빨리 해주면 안 될까요? 물론 검사를 해야 정확한 진단이 나오고 그래야 적절한 치료가 가능하다는 것은 안다. 하지만 사실 환자 입장에서 검사와 치료는 별개의 영역처럼 느껴진다. 병원에서 몇 날 며칠을 검사받는다 한들, 그사이에 통증이 줄어드는 것은 아니기 때문이다. 환자는 장황한 검사가 아니라 즉각적인 통증 제거에 돈을 쓰고 싶다. 그러니 의사의 입에서 정밀 검사가 필요합니다, 라고 하면 속으로 "돈 벌려고 수작 부리는 건 아닐까?" 하는 못된 의심을 할 수밖에.

의사 입장에서야 무수한 가능성 중에 아픔의 원인을 정확하게 좁혀나가려면 검사는 필수일 것이다. 하지만 환자 입장에서는 그 과정에 대해 납득도, 이해도, 투자도 하기 싫다. 그럴 만도 한 것이 (대학 병원에서 이런저런 검사를 받아봤지만) 내가 그 검사를 왜 꼭 해야 하는지, 어떤 원리로, 무엇을 확인하려는 것인지에 대해 제대로, 충분히 설명을 들은 적은 없기 때문이다. 검사에 대해 아는 바가 없으니 검사는 병원만 좋은 것(?)이고, 환자인 나는 몸도 내주고 돈도 내주는 것 같아 억울한 마음마저 드는 것이다. 이렇게 몸이라는 사적인 영역이 병원이라는 공간에서 갑작스레 공적인 대상이 되는 지점에 환자의 어려움이 있다. 내가 모르는 용어가 난무하고 내가 모르는 검사 장비가 나를 훑고 지나가면서 정작 환자 본인이 소외되는 것이다. 하얀 가운을 입은 사람들이 아픔의 주체인 나를 병의 객체로 만들어버린다. 물론 의사가 의심해볼 만한 가설을 죄다 환자에게 일일이 설명한다는 것은 위험할 수도 있다. 하지만 그럼에도 그 과정에 환자를 좀 더 적극적으로 개입시켜주면, 아니 초대해주면 어떨까 하는 생각을 해본다.

환자는 치료의 대상이면서, 회복의 주체이기도 하다. 아무리 훌륭한 의사가 있다 한들, 결국 그 치료의 완성은 환자가 가진 자기회복능력에서 이루어진다. 치료의 문을 열고 들어가는 것은 의사겠지만, 회복의 문을 닫고 나오는 것은 환자의 역할인 것이다. 어떻게 보면 둘은 모두 '낫는 것'에 목적을 둔

하나의 공동체이다. 비즈니스적으로 본다면 의사와 환자는 동업자 정도가 되는 것이고, 그렇다면 의사는 이 비즈니스의 방향이 무엇이고 어떻게 진행될지를 소상히 환자에게 공유하는 것이 맞지 않을까. 환자에게는 모르는 게 약이 될 수 없다. 검사를 통해 병명이 나오기까지 환자들은 비합리적이고 극단적인 추론에 의해 모든 가능한 병들을 짐지게 되기 때문이다.

- 어느 날 아랫배가 극심하게 아프고 몸이 붓기 시작한다.
- 눈 밑이 검게 패고, 배에 가스가 찬다.
- 아랫배와 허리가 끊어질 것처럼 아파온다.
- 생식기 부분이 무겁게 밑으로 빠질 것 같은 느낌이 든다.
- 두통이 심해 머리가 깨질 것 같다.
- 결국 피가 쏟아져 나온다. 그것도 아주 많이.

이런 증세가 있다고 해서 나는 울음을 터뜨리거나 응급실에 뛰어가지 않는다. '월경'이라는 것을 알고 있기 때문이다. 나는 매달 무슨 일이 일어날지,

그리고 왜 그런 증세가 있는지를 잘 알고 있기 때문에 그 아픔으로 불편할지언정 불행해지지는 않는다.

최근 방광에 통증이 있어 병원을 찾았는데 의사 선생님이 방금 소변에 담겼던 내 소변 검사지를 비교표와 함께 보여주며 몇 단계 정도의 방광염이라고 자세히 설명해주었다. 산부인과에서는 흔하다면 흔할 방광염 환자에게 굳이 축축한 검사지를 직접 보여주며 '물 많이, 항생제 2주'를 처방한 것이다. 검사지를 통해 심각 정도를 직접 눈으로 봤기 때문에 나는 매일 1.5리터 생수를 모범생처럼 마시지 않을 수 없었다. 질색팔색하는 항생제도 꼬박꼬박 챙겨 먹었다. 어떻게 보면 방광염에 대해 주인의식(?)이 생긴 것이다.

내 단골 치과 의사 선생님은 스케일링을 하기 전에 치아 안쪽을 개인 카메라로 찍어서 보여준다. 어느 부분이 양치가 잘 안 되고 있고, 어느 부분의 치석이 더 많은지를 사진을 펼쳐놓고 구체적으로 인지시키는 것이다. 스케일링까지는 의사가 하지만, 그 다음의 역할을 환자에게 위임한달까. 집에 와서 양치를 할 때마다 누렇던 내 치석들이 위치별로 생각나서 칫솔질 스냅이 달라진다.

이러한 치료의 주도성, 능동성은 나처럼 잔병을

치르는 사람들에게나 한정된 애기일 수도 있다. 암이나 당뇨, 파킨슨병 같은 병을 가지고 있는 사람들에게 환자의 역할을 말하기는 조심스럽다. 그런 큰 병들은 그 중대성과 복잡성 때문에라도 환자를 압도하는 무게가 있으니까 말이다. 그럼에도 아주 단순한 진리, 아픔의 주체가 환자라는 것을 생각해보면 환자가 치료에서 소외되지 않는 다양한 노력은 필요하다고 생각한다. 환자의 정체성은 수술대나 검사대 위에서는 '아픈' 사람이지만 그 외의 대부분의 시간에는 아픈 '사람'이니까.

당신의 빈티지

골골거리는 사람끼리 모이면 자연스럽게 병력 배틀이 벌어지곤 한다(쉽게 말해, 남자들의 군대 이야기나 엄마들의 출산 수다와 비슷하다). 내가 이번 감기에는 부비동염과 중이염이 같이 와서 죽을 뻔했다고 하면, 상대방은 거기에 더해 축농증까지 앓아본 적 있냐며 응수한다. 그렇게 서로 치고받고 더 많이 아팠음을 자랑하다(?) 보면 모두가 인정할 수밖에 없는 그날의 승자가 결정된다.

내 주변에는 만났다 하면 이렇게 병력 배틀을 하게 되는 사람들이 몇 있는데, 그중 한 명이 세 살 터울의 친언니이다. 언니 또한 골골거리기로는 둘째 가라면 서러운 사람인지라 일반인은 알 수 없는 우리만의 끈끈한 유대감이 있다. 언니의 무좀과 나의 치열 중에 뭐가 더 최악이라는 둥, 방광염 때문에 물을 많이 마셔서 배가 터질 것 같다는 둥 수다를 떨며 낄낄거린다. 어릴 때부터 여느 자매들보다 유독 더 가깝고 친했는데 각자 결혼을 하고 사는 곳이 멀어지면서 잠시 소원해진 적도 있다. 그러다가 같은 해에 아이를 임신하면서 다시 급속도로 가까워졌다. 같은 유전자를 가진 탓에 입덧부터 치골통, 임신성 소양증 등의 비슷한 괴로움을 맛보면서 공통 화제가 폭발한 탓이다. 이십대까지는 문학과 연애, 종교

등의 주제로 이야기꽃을 피웠다면, 삼십대 이후에는 임신과 출산에 따른 병치레를 재료삼아 새로운 수다의 서막을 연 것이다.

아픈 이들은 곧잘 혼자라는 느낌에 빠져 불안해지기 십상인데 이를 떨쳐낼 좋은 방법이 바로 병력 배틀이다. 아픔이라는 밀실에 혼자일 때는 내 아픔이 비정상적일지도 모른다는 과대망상에 빠진다. 입안이 조금 마르고 백태가 끼면 '쇼그렌증후군일까'에서 '베체트병은 아닐까'까지 망상이 확대된다. 하지만 그 증세를 광장으로 들고 나와 수다로 내뱉으면, 내 병명은 그저 '구내염'으로 끝난다. 너도 그랬어? 나돈데, 라는 대화는 갈 곳 없는 골골이들을 안전지대(safe zone)로 데려와주는 주문과도 같다. 그래서 언니와 나는 만나기만 하면 지난번 병의 차도를 묻는 것으로 대화가 시작된다. "저번에 아프다던 그 무릎은 어때?" "너 이제 식도염은 나았어?" 하는 식이다. 그런데 이 안전지대가 마냥 좋지만은 않은 순간이 왔다.

사람이 따뜻하다고 느끼는 것은 온점이라는 감각 수용 기관에서 담당한다고 한다. 그런데 뜨끈한 물에 들어갔을 때 '아, 시원해'라고 만족하는 지점을 넘어서 '앗, 뜨거워!'라고 반응하는 그 지점이 되면 온점이 아니라 통점에서 반응한다(반대로 너무 차가워도 그렇다). 즉, 너무 뜨겁거나 너무 차가우면 그것은 온도가 아닌 통증으로 접수되는 것이다. 잔병치레로 낄낄거리며 이야기할 수 있는 것도 어떤 범위 내에서이다. 아픔이 통점으로 전환되는 지점이 있는데 그건 바로 '나이 듦'이었다. 더 이상 병력 배틀을 하고 싶지 않다고 느낀 때가 바로 언니 나이의 앞자리가 바뀌는 즈음의 여행에서였다.

우리 둘의 첫 여행은 내가 대학입시를 치르고 함께 떠난 유럽 배낭여행이었다. 그때는 거의 매일 야간 기차를 타고, 바게트나 젤라또 따위로 끼니를 때우면서도 빡빡한 일정을 거뜬히 소화했다. 그것도 모자라 매일 새벽까지 수다를 떨었다. 20여 년이 지나 그 여행을 기념하여 제주 여행을 가게 되었다. 그때와 다른 점은 언니와 내가 각자의 아이를 데리고 비행기에 올랐다는 것뿐이었으므로 나는 우리의 첫 배낭여행처럼 이번에도 실컷 돌아다니고 밤새 수다를 떨 생각에 설렜다. 하지만 우리는 첫날부터 피곤에 허덕이다가 자정도 되기 전에 잠에 곯아떨어졌고, 숙소에 사다놓은 맥주를 단 한 병도 마시지 못했다. 언니는 여행 내내 몸살 기운으로 두툼한 약봉지를 들고 다녔고, 아침에는 비염으로 괴로워하고, 밤에는 몸 여기저기가 쑤신지 많이 뒤척였다. 매일 아침 비타민을 챙겨주었지만 피곤해하며 중간중간 졸려했고, 아무리 화장을 고쳐주어도 짙은 다크서클은 가려지지 않았다. 야트막한 오름이라도 하나 오르고 싶었지만 무릎이 시큰거린다는 언니에게 말도 꺼내지 못했다.

그에 반해 아이들은 매일 완전히 새롭게 충전된 신제품처럼 에너지가 가득했다. 수시로 전력 질주를 하고, 온몸을 젖히며 웃어대고, 자정이 넘어도 잠들 줄을 몰랐다. 단순히 언니가 그 시기에 몸이 안 좋았던 것이 아니라 '나이'라는 거대한 파도에 쓸려가기 시작했음을 느꼈다. 이전의 나이 듦이 어렸던 과거를 돌아보며 아쉬워하는 것이라면, 언니에게서 느낀 나이 듦은 먼 미래를 그려보며 숙연해지는 것이었다. 잔병치레가 온점에서 통점으로 넘어가는 변곡점에 언니는 서 있었다.

아이들은 건강이라는 통장에 잔고가 가득한 존재들 같다. 매일 마음껏 에너지를 써도 아직 잔고가 차고 넘치는 백만장자들처럼 말이다. 그렇다면 죽음이란 나이를 먹으면서 건강을 탕진하여 잔고가 0이 되는 것일까. 그래서 건강하게 죽었다는 말은 비현

실적으로 들리는 것일까(잔고가 많은데 탕진할 수는 없는 노릇이니까). 그런데 영화 〈벤자민 버튼의 시간은 거꾸로 간다〉를 보면 그 말이 실현되는 것 같기도 하다. 주인공은 노인으로 태어나 점점 아기가 되어간다. 늙음에서 젊음으로 생을 마감하는 것이다. 신생아가 되어 죽어가는 주인공은 노인과 별다를 바 없이 쭈글쭈글하고, 지각이 떨어지고, 느릿느릿해지다가 소멸한다. 하지만 그는 죽기 전까지 활발했고, 호기심 어렸고, 뜨거웠다. 주인공의 죽음은 나이 듦이 곧 병듦이 아닐 수 있는 가능성을 보여주었다.

곰곰 생각해보면 언니네 가족과 홋카이도를 여행했을 때 언니는 두통이 극심했고, 자전거를 타고 춘천 둘레길을 돌았을 때는 생리통으로 힘들어했다. 제천의 이름 없는 습지대를 갔을 때는 소양증이 심해져 항히스타민제를 털어 넣으면서도 하루 종일 쏘다녔다. 미세먼지가 가득했던 날, 부산 이바구길을 걸을 때도 감기로 힘들어했지만 결국 꼭대기까지 올랐다. 언니의 나이 듦은 건강하지는 않지만 그렇다고 병듦이 언니를 압도하지도 않았다. 건강의 잔고는 계속 쓰고 있지만, 없으면 없는 대로도 잘 살아내는 방법을 터득하는 것. 내가 옆에서 지켜본 언니의 나이 듦이다.

건강이란 단지 '병에 걸려 있지 않은 상태'가 아
니라 '병이 나도 괜찮은 상태'를 의미한다.
　　　　　　　- 로타르 J. 자이베르트 외, 『단순하게 살아라』
　　　　　　　　　　　　　　　　　　　(유혜자 옮김, 김영사)

　건강의 개념을 조금 다르게 해석한 이 생각에
완전히 동의한다. 괜찮다는 것은 사전적으로 "탈이
나 문제, 걱정이 되거나 꺼릴 것이 없다"인데 꺼릴
것이 없다는 그 표현이 꽤 마음에 든다. 몸 자체가
건강한지 아닌지가 관건이 아니라, 그것을 대하는
우리의 태도가 건강한지를 기준점으로 보는 것이다.

　최근에 한 의대 재활의학과 교수의 강연에서
허리나 목의 통증은 갑자기 일어나는 사고가 아니라
누적된 습관의 발현이라는 말을 들었다. 척추와 척
추 사이에 있는 디스크는 우리의 앉고 서고 눕는 모
든 자세의 로그(log, 기록)를 담고 있다는 것. 재활
운동실은 그렇게 오랫동안 누적된 잘못된 습관을 바
른 습관의 기록으로 새롭게 덮어씌우는 곳이라고 했
다. 나도 허리 병이 재발해서 꽤 오래 재활 치료를
받은 적이 있다. 우연히 자취하는 집 근처 정형외과
에서 운동 치료사인 후배가 일을 하고 있어 (당시에

는) 고가의 비용에도 불구하고 재활 치료를 시작했다. 처음 재활 치료실에 갔을 때는 언뜻 환자들이 아무것도 안 하는 것처럼 보였다. 모두 나무늘보처럼 아주 느릿느릿하게 움직여 마치 그곳에서의 시간만 천천히 흐르는 듯했다. 나 또한 후배가 시키는 슬로모션 같은, 운동 비슷한 것을 하면서 답답함에 이런저런 질문을 쏟아냈다(비싼 치료비를 지불한 만큼 빨리빨리 운동을 해서 효과를 최대로 뽑아내야 한다는 조급함이 작동했다).

나: 저분들은 운동을 하긴 하는 거야? 가만히 누워만 있는 것 같은데?

후배: 아니야, 누나. 자, 이렇게 천천히 등을 바닥에 눌러봐. 천천히, 더.

나: 야, 이렇게 해서 운동이 되냐?

후배: 누나도 그렇고 저분들도 그렇게 가만히 하면서 근육을 키우는 거야.

나: 가만히 있는데도 나아져?

후배: 가만히 있긴. 저분들 지금 엄청 힘들게 운동하는 거야. 헬스장에서 하는 운동은 쉽게 말해 겉 근육 운동이고 여기서 하는 건 코어라는 속 근육 운동이야.

나: 속 근육?

후배: 처음에는 여기, 아니면 여기 이런 데 속에 힘주라고 하면 힘을 어떻게 줘야 할지 몰라. 근데 허리 디스크가 들어가게 하려면 속의 근육이 단단해져야 하거든. 그걸 느끼면서 강화해 나가는 거야, 지금.

후배의 말에 따라 석 달 정도 꾸준히 재활 운동을 했다. 처음에는 매트에 누워 꼼지락거리는 수준이었다가 내 몸무게를 내 근육이 온전히 감당할 수 있게 되자 서서 하는 운동으로 바뀌었다. 엄밀히 말하면 그때 나는 운동을 했다기보다 예전의 나쁜 로그를 덮어버릴 만큼 허리에 좋은 자세를 차곡차곡 쌓았던 것이다. 숨 돌릴 틈 없이 늘 바쁘게 일해온 허리를 이전과 반대로 느리게 천천히 움직이면서 균형을 맞춰갔다. 그 이후로 수년이 지난 지금까지도 아무리 늦게 퇴근해도 그때 배운 허리 운동 몇 가지는 꼭 하고 잔다. 하루 동안 쌓인 나쁜 습관이 내 척추에 기록되지 않도록 하는 나만의 의식인 셈이다. 느릿느릿한 재활 운동을 통해 깨달은 가장 효과적인 허리 치료는 '꾸준함'이었다. 십대 때부터 허리 때문에 물리치료, 족침, 수지침, 부항과 통증 주사까지 별별 치료를 다 해봤지만 이 모든 것을 이기는 것은 (허리에 좋은) 꾸준한 습관이었다.

나이가 든다는 것은 두꺼운 나이테가 쌓이듯 천천히 겹겹의 로그가 쌓이는 것 같다. 건강은 전화로 배달받거나 3분 카레처럼 즉석조리할 수 없다. 습관이라는 가마솥에 오래오래 고아야 하기 때문에 자기 몸에 맞는 일상의 습관을 만드는 것이 중요하다. 나에게도 그런 습관이 몇 가지 있는데 그중 하나가 수영이다. 허리 치료를 해준 대부분의 의사들이 추천하여 시작했지만, 수영이 내 인생의 묵직한 로그로 자리 잡기까지는 긴 시간이 필요했다. 워낙 새로운 운동을 배우는 데 재능이 없어, 같이 수업을 시작한 회원들이 중급, 상급으로 넘어갈 때까지도 진도가 도통 나가지 않았다. 혼자 애꿎은 키 판을 물 위로 집어 던지며 포기할까 싶었던 순간도 있었다. 그즈음 내 옆 레인에서 아주 천천히 유영을 하는 칠십대 정도의 아주머니를 보게 되었는데, 품격과 우아함이 느껴졌다. 전혀 서두름이 없고, 호흡이 가쁘지도 않았다. 큰 수영장에서 그분 혼자에게만 아주 느린 재즈 음악이 흐르는 것만 같았다. 그때 나는 내 수영 목표를 스피드가 아니라 느긋함으로 정했다.

수영 강사 입장에서야 아직 평영도 시작하지 못한 회원이 '저는 느릿느릿 유영하겠어요'라고 한다면 한심할 것이다. 하지만 수영이 꼭 빨리 앞으로 가야만 하는 건 아니지 않나. 수영을 단계별로 마스터해 나가는 과정이 아닌, 물속에 머무는 시간을 잘 쌓는 정도로 생각했기 때문에 나는 그 후로도 오랫동안 수영을 즐기게 되었다.

특히나 수영이 정말 멋진 운동이라고 생각하는 까닭은, 이 운동이 가진 포용력 때문이다. 수영은 물속에서 하는 운동이기 때문에 모든 연령대가 안전하게 할 수 있다(게다가 물속에서는 그저 걷거나 허우적거리기만 해도 운동 효과가 있다). 수영을 할 때는 화장을 할 수도, 머리에 힘을 줘서 스타일링을 할 수도, 몸매를 가릴 수도 없다. 모두가 똑같이 딱 붙는 수모를 쓰고 민낯 그대로 물속에 들어온다. 어린아이부터 어르신까지 이렇게 남녀노소가 최소한의 옷만 입고 만나는 거의 유일무이한 공간이 수영장이다. 미디어에서 보는 배우들은 이십대이든 오십대이든 죄다 한결같이 매끈한 피부와 탄탄한 몸매를 가지고 있다(방부제 인간, 냉동 인간, 뱀파이어라는 수식어가 칭찬인 시대이니…). 우리는 수영장에나 가서야 삼십대는 슬슬 기미가 생기고, 사십대는 배가 나오며, 오십대에는 팔뚝이 늘어지고, 육십대는 목살이 자글자글해지는 그야말로 '인생의 쌩얼'을 볼 수 있다. 아이는 아이들대로, 젊은이는 젊은이들대로, 노인은 노인들대로 같은 물에 몸을 담그고 각자 몸의 활력을 깨우는 곳이 바로 수영장인 것이다(게다가 수영장에서는 유독 연세 지긋한 어르신들이 활기차게 물살을 가로지르는 모습을 많이 볼 수 있다). 이곳이 보여주는 나이 듦에 대한 다채로운 스펙트럼을 나는 사랑한다.

빈티지(vintage)란 원래 와인의 원료가 되는 포도를 수확하고 와인을 만든 해를 의미한다. 일반적으로 빈티지는 오래될수록 가치가 올라간다. 패션이나 인테리어/건축 분야에서 유행하고 있는 이 빈티지 스타일은 와인처럼 오래된, 즉 나이 든 그 자체를 있는 그대로 멋스럽게 받아들이는 관점에서 시작한다. 디자이너가 비슷하게 고안할 수 있는 북유럽 스타일, 모던 스타일, 오가닉 스타일과 달리, 빈티지 스타일은 공장에서 짠 하고 찍어낼 수 없고(그런 모양의 가구나 타일을 만들 순 있지만 진짜 빈티지가 오래된 그것과는 느낌이 완전히 다르다) 오직 시간을 관통해야만 비로소 완성된다는 데에 차별점이 있다. 표피만 오래된 느낌을 내서는 결코 그 맛이 안 나는데 그건 골동품(骨董品)이라는 말에 들어간 '뼈'를 생각해봐도 알 수 있다. 오래되었다, 라고 하려면 적어도 뼛속까지 그 세월이 깃들어야 한다는 뜻일 테니까. 언니의 나이 듦을, 그리고 나의 나이 듦을 괜찮게 받아들이고, 유영하듯 느긋하게 받아들이고 싶다. 주름지고, 퇴색하고, 갈라지고, 골골거리게 될 때마다 '음, 뭐 잘 숙성되어가는군' 생각하면서.

중병을 대하는 우리의 자세

전 직장 선배가 암 판정을 받고 항암 치료를 받게 되었다. 느긋한 업무 스타일에 늘 온화한 미소의, 어쩐지 인생에 큰 굴곡이 없을 것 같은 분이어서인지 소식을 접했을 때 적잖이 놀랐다. 스스로 생각하기에 그래도 난 잔병치레를 많이 했으니 아픔에 대해 조금은 알지, 라고 생각해왔는데, 막상 중병을 맞닥뜨린 사람을 가까이 마주하자 어떻게 해야 할지 막막해졌다. 비슷한 처지의 암 환자들의 투병기 같은 것이 도움 될까 싶어 두어 권의 책을 샀지만, 조심스러워 차마 보내지 못했다. 위로의 문자메시지도 여러 번 썼다가 지웠다. 위로하려는 내 마음에 정말 그 사람을 생각하는 진심보다 상대를 위로하고 있다는 내 자의식이 더 많지 않다고 자신할 수 없었기 때문이다. 나 또한 몸이 아플 때 많은 사람의 위로와 격려를 받아봤지만 종종 '내가 너를 걱정하고 있다'는 것을 표출하기 위한 위로가 많았다(그리고 그런 위로는 별반 나에게 큰 도움이 되지도 않았다).

사실 좋은 위로, 혹은 진짜 위로를 구별하기란 어렵다(구분하는 게 맞는지도 잘 모르겠다). 아픈 이에게 완전히 공감하기란 거의 불가능하기 때문에 그 간극만큼 위로가 아닌 불순물이 들어가기 마련이다.

그건 설사 똑같은 병을 앓아본 적이 있다 해도 마찬가지다. 사람마다 아픔에 대한 문맥이 다르기 때문이다. 그래서 "나도 너처럼 아파봤는데 차차 좋아질 거야"라든가 "그래도 지금이라도 치료할 수 있으니 다행이다"라는 말 속에는 아픈 당사자보다 위로하는 나의 입장이 더 반영되기도 한다. 물론 나도 위로의 전문가는 아니기 때문에 어설픈 위로를 주뼛주뼛 건네거나 아예 말문을 열지 못할 때가 많다.

때로는 다 잘될 거라는 식의 희망을 던지기보다 그저 공감해주는 것이 더 낫다는 조언을 주워듣고 "많이 힘들지? 너무 막막하겠다"라고 말해보기도 한다. 그러다가 또 그 위로만으로는 어쩐지 부족한 것 같아서 "기도할게"라는 말을 덧붙여본다(부디 누구라도 이런 상황에서 "너도 좀 더 기도해봐"라는 최악의 말은 하지 않기를 바란다). 그렇게 말해놓고 정작 시간을 내어 기도하지 못하면 미안한 마음에 괜히 의기소침해지기도 한다. 그러고 보니 (나는 위로에 재능도 없고) 위로는 정말 어려운 것이라는 사실을 새삼 알겠다.

여하튼 나는 선배에게 병문안을 갈 만큼 막역하지는 않았지만, 그냥 잊고 지내기에는 깊은 속 애기를 여러 번 나눴던 고마운 사람이라 멀리서 발만 동동 구르며 회복 소식을 기다렸다. 몇 달 뒤에 선배의 SNS에 회복을 알리는 글이 올라왔다. 나는 고심 끝에 선배에게 작은 선물을 보냈다. 잘 찢어지지 않는 튼튼한 산티아고 지도가 들어 있는 여행 책이었다. 선배는 나에게 퇴사를 하게 된다면 꼭 산티아고 순례길을 걸어보고 싶다고 말하곤 했었다. 나는 선배가 이 생뚱맞은 선물을 열어보면서 아프기 전의 자신을 기억하기를 바랐다. '암 환자'라는 갑작스럽고 낯선 문맥이 그를 너무 압도하지 않기를 바라면서 말이다. 얼마 뒤에 선배로부터 메시지가 왔다.

우리 고등어구이 집에서 간장에 겨자 풀어 먹으면서 산티아고 얘기했었다, 그치? 정말, 정말 고마워요.

흐느낌도 울먹임도 없는, 선배 특유의 덤덤한 말투라서 마음이 더 애틋하고 먹먹했다.

몇 달 후에 전 직장의 다른 동료 결혼식에서 선배를 만났다. 아직 몸이 온전치 않을 거라 만날 기대를 하지 않았는데, 선배는 조금 수척해진 얼굴에 아주 짧은 머리를 하고는 나타났다. 반가운 마음은 한 가득이었지만 어떻게 인사를 건네야 할지(발병에 대해 위로를 해야 할지, 일단락된 항암 치료에 대해 축하를 해야 할지, 아니면 그냥 아무렇지 않은 척 인사를 해야 할지) 주저하고 있는데, 결혼식에 데려간 아들이 먼저 말문을 열었다.

"엄마, 친구예요?"

"응, 동료. 아니다, 엄마 친구 맞아. 인사드려."

"안녕하세요. 근데요, 아줌마 군대 가세요?"

부러움과 동경이 가득한 눈빛으로 아이가 던진 질문에(당시 아이의 장래 희망은 군인이었다) 선배도 나도 웃고 말았다. 일순간 어색했던 공기가 사르르 녹아내리는 듯했다.

유머(humor)는 몸 안에 흐르는 체액을 뜻하는 라틴어 후모르(humor)에서 왔다고 한다. 고대 로마인들부터 중세에 이르기까지 의학에서는 사람의 몸에 네 가지의 체액(혈액, 점액, 황담즙, 흑담즙)이 있다고 여겼고, 그중 Humor라는 체액이 많으면 남을 웃기고 즐겁게 한다고 생각했다. Humor의 'hum'은 humid(습기, 물기)를 뜻하고, 사람의 건강과 성격은 이 습기 또는 체액의 밸런스에서 결정된다는 것이다. 유머러스한 성격도 여기서 나온다고 믿었다. 의학적 용어인 후모르가 이렇게 대중적인 용어가 된 것은 그만큼 유머가 우리의 일상에 중요하기 때문이 아닐까. 특히나 아픈 사람에게는 응급 수혈을 하듯 유머가 마르지 않도록 하는 게 꼭 필요한 것 같다. 유머 감각은 우리가 처한 고통이 큰일이 아니라고 믿게 해주는 진통제와 같다. 뿐만 아니라 고통에 매몰되지 않도록 붙잡아주는 역할을 한다.

1981년 로널드 레이건 전 대통령은 총에 맞아 병원에 실려 가면서도 "예전처럼 영화배우였다면 잘 피할 수 있었을 텐데…"라며 유머를 날렸다는 일화는 유명하다. 유머는 고통이 발화된 지점에서 한 발자국 물러나 그 상황을 다른 상황과 절묘하게 교차시키는 상상력이다. 레이건 전 대통령은 총을 맞은 비극적인 상황과 총격 신이 있는 촬영 현장을 오버랩하여 실제의 고통에 매몰되지 않으려 한 것이다. 아픈 이들에게는 현재의 아픈 상황과 아프지 않을 때의 상황을 교차해보는 상상력이 필요한 것 같다.

나에게는 그런 유머 감각을 배울 수 있었던 몇 번의 수술 경험이 있다. 고등학생 때 오른손 약지의 마디 사이에 돌멩이 같은 것이 생겨 병원에 갔다. 연골 사이에 물이 차서 그럴 수 있다며 주사기로 빼내는 시술을 해보았으나 잘 되지 않았고, 결국 덩어리 제거 수술을 하게 되었다. 수술이라고 해봤자 손가락에 국소마취를 하고 한 시간 내로 끝나는 간단한 수술이었지만, 어린 나이였기에 꽤 긴장이 되었다. 수술실에 눕자 팔 쪽에 가림막이 쳐지고, 수술실 조명이 환하게 켜졌다. 잔뜩 긴장한 나에게 의사 선생님은 말했다.

"학생, 수술 핑계로 학교도 땡땡이쳤는데 기분 좋게 라디오라도 들을까요?"

선생님의 눈짓에 간호사가 라디오를 틀었고, 마침 흘러나온 노래는 터보의 〈트위스트 킹〉이었다.

"바바바 everybody dance 춤을 춰봐 모든 걸 잊고…."

손가락 마디가 절개되고, '바바바'에 맞춰 '두두두' 하며 드릴 같은 것이 내 연골을 갈아내는 소리가 들렸다. 그로테스크한 수술실이 리드미컬한 일탈의 공간으로 탈바꿈되는 순간이었다. 수술실에서 라디오를 켜는 것은 어쩐지 부적절한 듯하지만 아무렴 어떤가. 수술이 잘 끝났으면 된 거지.

두 번째의 유쾌한(?) 수술은 이마 수술이었다. 오른쪽 눈썹 위에 작은 뿔 같은 것이 나더니 자꾸만

자라나 병원을 찾게 되었다. 약간의 통증도 통증이 지만 그 부분이 계속 자라난다는 것이 문제였다. 피부 안쪽의 연골이 뭉쳐서 커지는 증상이니 제거하면 그만이라고 했다. 하지만 이마의 뿔을 제거하기 위해서는 주먹만 한 크기 정도로 머리카락을 밀어야 했다. 몇 개월간 땜빵이 생긴다니 마음이 편치 않았다(수능을 보고 얼마 되지 않은, 한창 외모에 예민할 때였다). 수술실에 눕고 조명이 켜지자 선생님이 '바리깡'을 들고 왔다. 불안한 내 표정을 보더니 선생님이 하는 말,

"내가 이래 봬도 이가자미용실 수석 디자이너 출신이에요."

나도 모르게 피식 웃음이 나왔고, 편안하게 마취에 들어갔던 기억이 난다. 깨어나고 보니 어찌나 예쁘게 각을 맞추어 붕대를 감아놨던지 만족스러운 기분마저 들었다.

사막을 지나는 사람들이 죽는 이유는 물이 없어서가 아니다. 사막은 너무 건조해서 땀이 날 새도 없이 금방 증발해버리는데 이 때문에 사람들이 갈증을 자각하지 못하는 것이 사망의 진짜 원인이라고 한다. 땀이 나야 "아, 너무 덥고 목이 마르네"라면서

물을 마실 텐데, 가방에 물이 가득 있어도 자주 물 마실 생각을 하지 못해 탈수로 죽는 것이다. 그래서 사막을 건널 때는 주기적으로 시간을 정해놓고 무조건 물을 조금씩이라도 마셔야 한다. 유머라는 수분도 그런 것 아닐까. 꼭 필요하다고 느껴지지 않는 순간에도 주기적으로 유머를 가동시켜야 (혹은 그런 사람에게 보충을 받아야) 탈수 증세에 빠지지 않는 것이다.

유머 액이 꼭 웃음으로만 발현되는 것은 아니다. 최근 나의 오랜 친구인 L의 어머니가 갑작스럽게 혈액암 판정을 받고 항암 치료를 하시게 되었다. L은 워낙 긍정적이고 위트가 넘치는 녀석이라 큰 걱정을 하지는 않았지만, 어머니에 대한 각별한 애정이 있다는 것을 알기에 마음이 쓰였다. 암에는 어떤 음식이 좋다더라, 검사 과정이 어떻다더라 등의 정보를 나눈 얼마 후, L이 사진을 한 장 보냈다. 미용실에서 머리카락을 자르는 L의 어머니 모습이었다. 사진 속 어머니는 편안해 보였고, 미용실 거울에 비친 어머니를 찍고 있는 L도 다정한 표정이었다. 독한 항암 치료 중에 뭉텅뭉텅 빠지는 머리카락을 감당하기 어려워 아예 삭발을 하러 가신 것이다. "괜찮아?"라고 묻자 L에게서 답이 왔다.

어무이가 지금 같이 계시니까 집에선 못 울겠
어서 차를 몰고 나와서 막 울어. 근데 그게 너
무 이상한 거야. 하하하. 나 같은 덩치가 정속
운전을 하면서 계속 엉엉 우는 거잖아.

L은 180센티미터 키에 몸무게가 90킬로그램
정도 나가는, 체격이 큰 친구다. 반면 성격은 나긋
나긋하고 긍정적인 데다가 흥이 많아서 운전할 때는
늘 음악을 켜놓고 따라 부르곤 한다. 그런 그가 차
안에서 엉엉 울었다고 하니 나는 오히려 안심이 되
었다. 그가 흘린 눈물은 비통한 액체가 아니라 후모
르, 즉 유머 액이었을 테니까. 눈물을 흘리는 그 순
간에도 그는 정속으로 운전을 하고, 어쩌면 입으로
는 노래를 작게 흥얼거렸을지도 모른다. 그리고 그
런 자기 자신을 유머러스한 관찰자 시점으로 바라보
는 그 모습이 따뜻하게 느껴져 마음이 놓였다. 유머
가 정말 빛을 발할 때는 그것이 울음의 자리를 대신
할 때라는 생각이 든다. L이 차 안에서 흘린 그 눈물
은 건강한 에너지가 되어 어머니를 더 잘 보필하는
데에 쓰였을 것이다.

1+1의 고통 법칙

아이가 생기고 나면 아이 다음으로 가장 많이 하게 되는 생각이 부모님 생각이다. 특히 아이가 아플 때라면 부모님을 '생각한다'는 동사로는 부족한 상태가 된다. 아이를 들쳐 업고 뛸 때는 마음속에서 그 옛날 나를 들쳐 업고 뛰었을 부모님이 같이 뛴다. 부모가 되어서야 내 부모의 입장이 되어보는 것이다. 아이가 아플 때 우는 건 마음이 약해져서라기보다는 마음이 복잡해서인 것 같다.

아이가 아플 때면 아이의 통증이 정말 고스란히 느껴진다. 아이의 이마가 찢어져서 오면 정말 내 이마가 찢기듯이 아프다. 열이 펄펄 끓는다면 내 속이 펄펄 타들어간다. 이때 타들어가는 마음은 첫사랑과의 이별이나 취업 낙방으로 인한 고통과는 차원이 다르다. 아이의 고통이 그대로 동기화되는, 말 그대로 아이의 고통이 빙의되는 것만 같다. 그 감정은 앞에서 언급했던 동감(sympathy)이나 공감(empathy)과는 또 다른 무엇인데, 나는 그것을 일종의 텔레파시(telepathy)가 아닌가라고 생각한다. 한때는 내 몸의 일부였던 한 생명이 타자로 멀리(tele) 분리되었어도, 내면에서 아이의 감정(pathy)이 생중계되는 것처럼 생생하게 전달되어 오는 것이다. 아이들이 말을 익히기까지는 시간이 걸리고 설사 말을 하게 되어도 자신의 고통을 정확하게 표현하기란 어렵다. 그렇기 때문에 신은 부모에게 언어를 통하지 않고도 느낄 수 있는 텔레파시라는 초능력을 준 것이 아닐까(실제로 플라톤의 『대화편』에 보면 아틀란티스인들은 텔레파시로 소통한다고 적혀 있고, 고대 하와이와 타히티 부족들 역시 텔레파시가 보편화된 의사소통 수단이었다고 한다).

하지만 이 물리적 법칙을 초월하는 듯한 초능력이 영화나 TV에서처럼 멋지고 짜릿하게 사용되는 것은 아니다. 대개는 그 능력이 발휘되는 순간 '차라리 내가 대신 아팠으면 좋겠다'는 불가능한 소망이 깊어지기 때문이다. 거기에는 아이의 고통과 그 고통이 빙의된 나의 고통, 즉 고통이 1+1으로 확장되는 것을 막고 싶다는 계산이 깔려 있다(내가 아프다고 그 고통이 아이에게 빙의되진 않으니까). 하지만 거기에는 내 고통에 1을 더해 고통스러워할 내 부모의 고통을 계산하지 않은 오류가 있다. 이렇게 한 사람의 고통은 뫼비우스의 띠처럼 연결되어 있다. 그래서 가끔 골골거리는 나를 지켜볼 엄마 아빠를 생각하면 마음이 괴로워진다.

나는 출산할 때 열한 시간 동안 진통을 하다 결국 몇 가지 문제로 제왕절개수술을 했다. 아이는 30

분 만에 정상적으로 태어나 신생아실로 갔지만, 나는 고열과 저혈압 증상으로 조금 위험한 상황이 되어 이런저런 처치를 받느라 네 시간 동안 수술실에서 나오지 못했다(대개는 길어도 한 시간 반이면 입원실로 옮겨진다). 나중에 몸이 회복되어 입원실로 갔을 때 남편이 갓 태어난 아기의 영상을 보여주었다. 꼬물거리는 내 아이의 우렁찬 울음소리 사이로 불쑥, 엄마의 울먹이는 듯한 목소리가 들렸다.

"선생님, 산모는요? 산모는 괜찮나요?"

내 엄마에게는 갓 태어난 아기보다 갓 엄마가 된 딸의 안위가 더 궁금했던 것이다. 그때의 엄마 목소리만 떠올리면 늘 코끝이 찡해진다.

이미 얘기했듯이 언니와 나는 서로 둘째라면 서러울 만큼 원래도 골골거렸는데, 출산 이후로 둘 다 더 급격하게 잔병치레가 많아졌다. 부모 입장에서는 두 딸이 수년을 번갈아가며 아프다면 슬슬 무덤덤해질 만도 한데 전혀 그렇지가 않다.

어느 해인가 겨우내 고열과 몸살이 가시질 않아 링거를 맞은 뒤 집에서 끙끙 앓고 있는데 갑자기 아빠가 집에 들이닥쳤다. 한 손에는 일주일 치의 곰탕이, 한 손에는 직접 달인 홍삼 한 병이 들려 있었다. 가져온 것들을 냉장고에 바로 넣고, 물이라도 마시고 가라는 것을 한사코 거절하더니 그 와중에 비닐봉지까지 착착 접어놓고 순식간에 가버렸다. 식탁 위에 반듯하게 접어놓은 비닐봉지를 보니 아픈 딸이 비닐봉지 접는 수고조차 안 했으면 하는 그 마음이 전해져왔다. 다음 날 언니와 통화를 하는데, 그 전날 아빠가 언니네 집에도 다녀갔다는 것이다(그때 언니도 극심한 기침감기를 몇 주째 앓고 있었다). 환갑이 넘은 아빠는 두 딸에게 보양식을 배달하러 하루걸러 하루를 올림픽대로와 경부고속도로를 오고 갔던 것이다. 막히는 길 위에서 아픈 딸들을 걱정했을 아빠를 생각하면 마음이 저려온다.

아이가 아직 신생아일 때 최적의 온·습도를 맞추고 홀로 앉아 젖을 먹이다 보면 불현듯 두려움이 엄습하곤 했다. 이 생명이 혹시라도 잘못되면 어떡하지, 라는 상상만으로도 엄청난 공포를 느꼈다. 불완전할 수밖에 없는 이 작은 존재의 모든 고통을 평생 함께해야 한다는 사실은 무겁고도 무섭다. 학교를 다니든 직장을 다니든, 몸이 아프거나 개인 사정이 생긴다면 휴가나 휴직을 낼 수 있다. 잠깐 스톱을 외칠 수 있는 것이다. 하지만 부모가 되면 눈을

감는 그 날까지 단 1초의 멈춤도 없이 내 아이의 안
녕에 대해 STAND-BY 상태가 되는 것 같다. 그래서
몸이 아파도 웬만해서는 부모님께 말하지 않는다.
그런데도 엄마나 아빠는 오랜만에 만나면 살이 빠진
것 같다느니, 밥을 왜 이리 조금 먹냐느니 하며 숨겨
놓은 내 잔병의 흔적을 찾아내려 한다. 그렇게 부모
님과 나는 서로의 고통을 감추며 그 고통이 확장되
지 않도록 끊임없이 숨바꼭질을 하고 있다.

언젠가 이른 아침에 엄마에게서 긴 문자가 왔다.

오늘은잠에서깨었는데
기분이참좋았어너희들
이내게와준것이얼마나
감사한지너희들많이사
랑한다오늘도좋은하루
보내거라늘건강챙기고
차조심하고문단속잘하
고밥거르지말고

돋보기안경을 쓰고, 독수리 타법으로, 한 자 한
자 써내려간 이 문자 속에 딸들의 안녕을 기도했을

엄마의 새벽이 오롯이 담겨 있다. 단 한 칸의 띄어쓰기도 허락하지 않을 만큼 빈틈없는 간절함이 그대로 전해져 오늘도 다짐해본다. 건강 챙기고 차 조심하고 문단속 잘하고 밥 거르지 말자고.

자랄 것은 자라고
자라지 않을 것은 자라지 않는다

건강을 위해 이런저런 보약도 먹어보고 여러 병원을 전전했다. 하지만 건강검진을 하면 류머티즘 인자 양성이 나오고, 만성 표재성 위염 진단을 받고, 극심한 감기 몸살에 걸려 늑대처럼 컹컹컹 기침을 하곤 한다. 그럴 때마다, 아 이번에도 졌구나, 하는 짙은 패배감에 사로잡힌다. 사실 건강은 이기고 지는 게임이 아니다. 100점을 맞느냐 아니냐의 문제는 더더욱 아니다. 그런데도 '병을 이기다(beat)', '병마와 싸우다(fight)'라는 표현 때문인지 자꾸 건강이란 '이겨서 쟁취하는 것'이라고 생각하게 된다. 아플 때마다 늘 낙방하는 기분이 드는 것은 그런 이유일 테다.

건강을 1부터 100까지의 수직선상에서 한 칸씩 올라가는 개념이 아닌 아예 다른 관점으로 바라보면 어떨까. 나는 건강하다/하지 않다는 식의 흑백의 범주에는 없는 회색 지대에 수년간 머물러 있었다. 하지만 길든 짧든 건강이 나를 완전히 떠난 적은 없었고, 언제고 다시 돌아왔다. 어떤 때는 내가 규칙적으로 잘 먹고 잘 자도 집을 나갔고, 또 어떤 때는 몇 주 동안 과로를 해도 내 곁에 붙어 있었다. 건강은 내 뜻대로 할 수 있는 소유물이 아니며, 그렇다고 나를 수식하는 형용사도 아니다. 건강이 내게서 멀어질 때 내가 느끼는 감각은 이긴다/진다가 아니라 '견딘다', 혹은 '기다린다'에 가깝다. 마치 장대비가 쏟아지면 가만히 웅크리고 앉아 그치기를 기다리는 것처럼 말이다.

비를 핑계 삼아 잠시 걸음을 멈출 수 있어서 좋을 때도 있고, 꿉꿉한 그 느낌이 지긋지긋할 때도 있다. 장대비가 계속 몰아치면 비를 피하려고 진통제라는 우산을, 항생제라는 우비를 쓰기도 한다. 중요한 건 길든 짧든 비는 언젠간 그치게 되어 있다는 것이다(지금도 이렇게 잠시 비가 오지 않는 날을 골라 글을 쓴다). 물론 비는 다시 올 것이다.

동남아 여행 중에 안 그래도 더워죽겠는데 왜 여기 주식은 쌀국수일까? 얼음이 팍팍 들어간 냉면이나 팥빙수를 팔면 장사가 잘되지 않을까? 하는 생각을 한 적이 있다. 아는 셰프의 말로는 태국이나 베트남 같은 더운 나라에서 주식으로 차가운 음식을 먹지 않는 이유는 얼음 동동 띄운 찬 음식을 먹으면 이후에 더 갈증이 심해지기 때문이라고 한다. 한두 번도 아니고 평생 그런 기후 속에 살아야 한다면 그 계절을 견디는 나름의 방법이 있는 것이다.

환자(患者)는 말 그대로 '병을 앓는 사람'을 뜻한다. 하지만 영어로 환자는 patient이다. patient는 동시에 형용사로 '참을성 있는/ 인내심 있는'이라는 뜻도 가진다. 나는 아플 때 그 아픔 자체에 집중하기보다는 그 아픔을 견디는 사람에 집중한 patient라는 단어가 좋다. 살면서 우리가 견뎌내야 할 것은 아픔만이 아니다. 나의 작은 키, 부족한 기억력, 잊히지 않는 그 애와의 이별, 미친 듯한 업무 일정, 배우자와의 좁혀지지 않는 생활 습관, 가족 간의 갈등까지…. 우리는 늘 어쩔 수 없는 것들을 견디며 살아간다. 환자라는 말은 나를 비정상적인, 임시적인 범주로 내쫓는 것 같지만, 견디는 사람이라는 말은 아픔을 누구나 살아내고 있는 일상의 범주로 초대해주는 것 같다. 아플 때의 나를 있는 그대로 인정하고, 나에게 주어진 계절을 그 나름대로 견뎌낼 용기를 준다.

아이가 다섯 살이었나, 여섯 살이었나. 무릎에 앉히고는 손톱을 깎아주는데 아이가 물었다.

"엄마, 그런데 손톱도 자라고 머리카락도 자라는데, 왜 눈썹은 안 자라요?"

너무 당연해서 한 번도 생각해보지 않은 질문이었다. 아이는 눈썹이 계속 자라면 눈을 덮어버렸을 텐데 그렇지 않아 다행이라고 했다. 종종 아이를 통해서 당연하다고 생각한 것들의 의미를 재발견하곤 한다. 어른이 되면 익숙해진 것이 많아서 그런 기회가 많지 않다. 잔병치레의 부인할 수 없는 좋은 점은, 내 몸의 일상적인 작동이 결코 당연하지 않음을 깨닫게 해주는 데에 있다. 허리의 소중함을 깨닫는 순간은 허리를 곧추세우고 뛸 때가 아니라 허리가 아파서 혼자 양말을 신기도 어려워질 때이다. 완전한 웃음이란 눈과 입이 아니라, 허리뼈가 적절히 움직여야 완성될 수 있음을 깨닫는 것도 그때이다. 황금 변을 싼다는 것은 치아와 혀의 협업, 그리고 식도와 위의 유기적인 협동 아래 음식물이 적절하게 대장까지 가주고, 거기서 적절히 영양은 흡수하고 수분은 남기는 빈틈없는 과정이 수반됐다는 의미다.

자랄 것은 자라고 자라지 않을 것은 자라지 않으며, 배출할 것은 배출하고 몸에 남길 것은 남기는 이 모든 복잡한 과정이 유기적으로 합쳐진 결과가 '건강'이다. 내 경우는 그 과정에 종종 오류가 있었고 그래서 몸에서 당연하게 여길 만한 것은 없다는 것을 배우게 되었다. 아픔은 당연하다고 여기는 모든 무관심과 무례함을 깨우는 사이렌과도 같다. 스스로 옷을 골라 입고, 화장실에서 제때 볼일을 보고, 음식을 가리지 않고 잘 소화할 수 있으며, 자고 싶을 때 잠이 드는 일에 깊이 감사하게 된 것은 골골거려 온 내 일상이 맺은 열매이다.

과거에는 건강을 '질병이 없는 상태'로 정의했다고 한다. 완벽주의적인 발상에 기반해 인간의 몸은 본래 무결한 상태라고 가정했던 것 같다. 최근에는 많은 학자들에 의해 건강을 정의하는 다양한 개념이 연구되고 있다. 세계보건기구(WHO)에서 정의한 건강은 '질병이 없거나 허약하지 않은 것만 말하는 것이 아니라 신체적, 정신적, 사회적으로 완전히 안녕한 상태에 놓여 있는 것'이다. 건강을 신체적 상태에서 정신적, 사회적 상태로까지 확대하여 바라본 것이다. 이러한 건강의 의미 확대에 동의하지 않을 이유는 없다. 하지만 앞서 말한 날씨와 기후처럼 건강의 조건이 원래 열악한 사람에게 '완전한' 안녕은 너무 먼 이야기이다. 그래서 나는 건강이란 신체적, 정신적, 사회적으로 완전히 '자연스러운' 상태에 놓여 있는 것이라고 바꾸어 말하고 싶다.

자연스럽다는 것은 무엇일까. 농부가 심은 사과는 비가 오면 비를 맞고, 해가 뜨면 햇볕을 쬔다. 바람이 불면 바람에 스치면서 그렇게 익어간다. 농부는 사과 안의 비타민과 무기질을 설계하거나 사과의 빛깔을 정할 수 없다. 그저 계절에 맞추어 물을 더 주고 가지치기를 하면서 도울 뿐이다. 그 과정을 통해 사과는 사과다워진다. 완벽한 것이 아닌 자연스러운 것이 내가 생각하는 가장 좋은 건강의 정의이다. 그래서 몸이 슬슬 아파올 때면 비가 내리기 시작하는 사과나무 밭의 농부를 떠올린다. 그렇게 나도 비와 바람과 온도를 있는 그대로 받아들이며 나답게 나를 보살펴본다.

나의 아픔, 우리의 아픔

가족 중 한 명이 극심한 가려움으로 몇 년째 고생 중이다. 너무 가려워서 긁다 보면 피가 나고 딱지가 지는 것은 기본이고, 가려움 때문에 오랫동안 숙면을 취하지 못해 예민해지고, 그래서 가려움에 더 민감해지는 악순환의 감옥에 갇혀버린 것이다. 중요한 회의도, 새로운 사람과의 만남도, 여행도 내키지 않는, 가려울 때 편하게 긁을 수 있는 내 집 외에는 아무 곳도 가고 싶지 않은 상태가 되었다. 그는 피부과부터 내과, 신경과, 산부인과까지 다녀볼 수 있는 모든 병원은 다 다니며 온갖 검사를 받았지만, 병명을 찾지 못했다. 아픔이 그의 몸에 엄연히 존재하는데, 어떤 의사도 그 아픔을 인증해주지 못하는 것이다.

동료 한 명은 유방암 판정을 받았다. 워낙 일 욕심이 많고, 일도 넘치게 하는 터라 늘 피곤해했지만 몸의 이상을 감지할 만큼은 아니었다. 유방암 진단 소식도 회사의 중요한 행사 리허설 중에 전화로 받았다고 한다. 그전까지 그는 늘 활력 넘치고, 뜨겁게 일하는 사람이었다. 본인은 전혀 아픔을 느끼지 못하고 살았는데, 의사가 아픔을 통보한 것이다.

극심한 아픔을 느끼는데 병명이 없는 것과 아픔을 느끼지 않는데 중병을 선고받는 것 중 어느 쪽이 더 괴로울까 생각해본 적이 있다. 아픔은 전자와

후자 중 어디에 더 가까운 걸까. 전자의 경우는 내 아픔을 치료할 길을 찾지 못할지도 모른다는 막막함이 환자를 압도할 테고, 후자는 언제까지 치료를 받으며 살아야 하는지 알 수 없다는 막막함이 환자를 압도할 것이다(한쪽은 제발 치료를 받고 싶고, 한쪽은 제발 치료를 피하고 싶지 않을까). 아픔의 범위가, 혹은 간격이, 길이가, 넓이가 너무 아득해서 도통 가늠이 되지 않을 때 우리는 그 아픔에 압도될 수밖에 없다.

이 책의 퇴고 작업을 마무리할 즈음 코로나바이러스감염증-19(이하 코로나)가 전 세계를 덮쳤다. 우리의 일상을 순식간에 장악해버린 코로나는 바로 그 두 아픔을 모두 가지고 있는 것 같다. 치료할 길을 아직 찾지 못한 막막함과 언제 (이 비정상이) 끝날지 알 수 없는 막막함. 회사에선 재택 근무령이 내려졌고, 아이의 학교와 학원 대부분이 셧다운되었다. 종일 집에서 아이와 복닥거리며 산더미 같은 업무를 처리하고, 거기에 삼시 세끼를 직접 해 먹어서인지 입안에 돋은 혓바늘이 도통 나을 기미가 보이지 않는다(연예인들이 해 먹는 〈삼시 세끼〉 예능프로그램을 소파에 누워 편하게 볼 때가 좋았다).

코로나의 충격으로 얼마 동안 동네 마트가 여러 번 쓸쓸이되었는데, 나 역시 불안한 마음에 대형 배낭을 하나 마련해서 라면과 생수, 소독제, 초코바, 진통제 등을 야무지게 포장해 넣어두기도 했다. 배낭 앞주머니에 호루라기와 작은 노트와 필기구도 챙겼다(〈타이타닉〉과 〈라이프 오브 파이〉의 오마주라고 해두자…). 정말 비상사태가 벌어져서 그 배낭을 메고 나선들 며칠이나 버티겠으며, 또 그렇게 버텨서 살아남은 세상이 좋을지도 알 수 없으면서 두려움에 그런 한심한 대비를 해둔 것이다.

그렇게 갑작스레 등장한 코로나의 거침없는 행보는 멈출 기미가 없다. 전문가들은 코로나가 우리와 더 많은 계절을 함께할 것이라고 말한다(이젠 장기전이라는 말도 무색하다). 그런 기사를 접할 때마다, 매일 아침 날씨보다 확진자 수를 먼저 확인할 때마다, 아이에게 마스크를 씌워 외출할 때마다, 말로 표현할 수 없는 슬픔이 밀려온다. 그리고 이 슬픔이 일시적인 현상이 아니라 완전한 일상이 될까 봐 두렵다.

C. S. 루이스가 사랑하는 아내를 잃고 쓴 『헤아려 본 슬픔』(강유나 옮김, 홍성사)에 이런 말이 나온다.

슬픔은 어중간한 미결 상태 같기도 하다. 혹은 기다림 같기도 하여 무슨 일인가 일어나기를 막연히 기다리고 있는 것 같다. 슬픔은 삶이 영원히 임시적이라는 느낌을 준다.

슬픔을 '코로나'로 대체해도 그 울림은 같다. 끝이 나지 않을 것 같은, 더한 일이 일어날 것도 같은 아픔을 우리 모두가 겪고 있고, 앓고 있다.

이 아픔이 언제, 어떻게 끝날지 아무도 모른다. 지금 우리가 아는 단 한 가지는 '마스크를 쓰고, 사람들끼리 거리를 두어야 한다는 것'이다. 마스크야 미세먼지로 어느 정도 익숙해졌다고 하지만, 사-람-들-끼-리-거-리-두-기-라는 이 외계어 같은 지령은 여전히 낯설기만 하다.

우리 가족만 해도 얼마 전 '아빠 생신에 모여도 되는가'를 가지고 격한 논쟁을 벌였다. 건강과 위생에 예민한 아빠가 생일 모임에 빠지겠다고 선언하면서(본인의 생일 모임이었다!) 상황은 일단락되었다. 팀에 새로운 멤버가 들어왔는데 점심 회식을 해야 할지 말아야 할지, 잡아둔 여행은 취소하는 게 맞는지 아닌지, 친한 동료의 가족 장례식에 가야 할지 말아야 할지 등등 하나부터 열까지 다시 고민하고 결정해야 했다.

　이 과정에서 코로나는 아픔에 대한 우리의 질문을 바꿔놓았다. 그동안 몸이 아프면 '왜' 나에게?라고 물었다면, 이제는 '누가' 나에게? 이 병을 옮기는가를 묻게 된 것이다. 즉, why가 아닌 who로 질문의 핵심이 바뀌었다(공교롭게도 세계보건기구의 명칭이 WHO이다). why가 허공을 향해 던지는 개념적인 질문인 데 반하여, who는 내 주변을 돌아보며 내뱉는 구체적인 질문이다. 매일 확진자 정보가 발표될 때마다 그날의 명확한 답이 발표되는 셈이다. 나는 회사 동료들과 화상회의 창에서 "그러게, 조심 좀 하지! 왜 그렇게 싸돌아다녔을까? 정말 철칠치 못해!"라고 분노를 쏟아냈다. 그러고는 화상회의 창이 닫히면 '나도 저렇게 누군가에게 병을 옮기면 어쩌지?'라며 속으로 두려움에 떨었다. who가 타자인 상황과 who가 나일지도 모르는 상황이 오버랩되면서 조울증 환자처럼 감정이 오락가락하는 것이다. 그러면서도 내가 지금 아픈 건 아니니까, 그리고 그렇게 '괜찮은' 시간을 1년 가까이 지나왔으니까 앞으로도 괜찮을 것 같다고 나름의 합리화를 한다. (적당히 원래의 일상으로 돌아가고 싶어서) 아픈 사람은 운이 나쁘거나 조심성이 없었던 거라고 믿으면서 말이다. '어차피 걸릴 사람은 걸려, 이 정도 했으면 됐지, 너무 예민하게 굴지 말자'라는 식의 생각으로 사람들과의 '거리 두기'가 아닌 '선 긋기'를 하는 것이다.

그런 조금은 안일하고 무뎌진 마음으로 얼마 전 캠핑을 갔다. 바깥이기도 하고, 다들 띄엄띄엄 자리 잡으니까 괜찮겠지 싶었다. 저녁에 비가 온다고는 했지만, 그즈음 기상예보가 맞은 적이 거의 없던 터라 별 고민 없이 출발했다(비가 퍼붓는다던 당일 아침도 초가을처럼 날씨가 좋았다). 오후 내내 숲에서 신나게 놀고 밥을 해 먹고 책을 읽다 잠들 때까지도 괜찮았던 하늘은, 밤사이 구멍이 난 것처럼 많은 비를 쏟아냈다(그날부터 집중호우로 전국이 쑥대밭이 되었다). 무섭게 쏟아지는 빗소리에 뜬눈으로 밤을 새다시피 하고 동이 트자마자 서둘러 짐을 쌌다. 그런데 나가려고 보니 캠핑장 정문 앞 실개천이 범람해 다리가 보이지 않았다. 커다란 나무 하나가 꺾여 배수로를 떡하니 막은 탓이었다. 우리처럼 발이 묶인 사람들은 모두 황망한 표정으로 그저 비가 잦아들기를 바랐지만, 빗방울은 보란 듯이 더 거세졌다. 다들 얼마 남지 않은 라면과 간식거리를 나누어 먹으며 상황이 나아지기를 기다렸다.

자정이 다 된 시각, 속을 태우던 우리는 결국 119에 전화를 했고 소방차와 굴착기 몇 대가 와서 힘겹게 작업을 한 뒤에야 그곳을 빠져나올 수 있었다. 내리꽂는 빗소리에 옆 사람 목소리마저 잘 들리지 않는, 빈틈없이 어두운 밤이었다. 그 밤에 우리를 외면하지 않고 달려와준 분들에게 고맙다는 인사조차 할 수 없을 만큼 부끄럽고 미안한 밤이기도 했다. 그날 소방대원들이 너희는 운이 나빴고 조심성이 없었다고 우리를 외면했다면 어땠을까. 그날 그분들이 복구해준 것은 실개천의 다리뿐만 아니라, 코로나에 대해 무뎌진 내 감각이었다.

지금 우리는 모두 혹한의 살얼음판 위에 놓여 있다고 상상해본다. 전 세계가 일순간 겨울 왕국이 되었다. 얼음판 아래에는 괴물같이 차가운 물이 흐른다. 그래서 우리는 한곳에 몰려 있어도 안 되고, 마구 돌아다녀서도 안 된다. 빠지직 금이 가면 그 균열이 연쇄적으로 이어질 테니까. 얼음판이 깨져 누군가 물에 빠진다고 해도 섣불리 구하려고 나서선 안 된다. 그저 내 발밑의 얼음이 버텨주길 바라며 그 자리를 지켜야 한다. 어떤 사람은(대개는 사회적 취

약계층의 사람들이) 발밑 얼음이 유독 얇아 그냥 맥없이 물에 빠져버리고, 지금 상황을 대수롭지 않게 여기는 누군가는 자신을 포함한 여러 명의 얼음판에 금이 가게 한다. 우지끈하고 얼음판이 검은 물속으로 빨려 들어갈 때마다 우리가 기억해야 할 것은 '누가' 얼음판을 깨뜨리는가가 아니라, '누구든' 얼음판 위에 연결되어 있다는 사실이다. 내 발밑과 내 옆 사람, 내 옆 옆 사람이 딛고 있는 바닥은 하나이다. 분명히 우리는 모두 떨어져 있지만(있어야 하지만) 그럴수록 더욱 연결된다는 것이 코로나가 감추고 있는 진실이다.

우리 모두는 코로나라는 새로운 계절을 마주하게 되었다. 이 힘든 계절을 견디는 방법은 수많은 나와 네가 하나의 큰 몸이라는 것을 겸허하고 진지하게 받아들이는 것이라는 생각이 든다. 치료할 길이 없다고 해서 아픔이 부정될 수 없고, 지금 내가 당장 아픔을 느끼지 않는다고 해서 아프지 않은 것도 아닌 것처럼. 어느 한쪽이 고통을 호소한다면, 내가 고통을 느끼지 못한다 해도 함께 아파해주는 새로운 의미의 면역력이 절실한 시대인 것 같다. 편도선이 붓고 열이 나는데도 다리는 괜찮으니까 운동하러 갈래!라고 할 수 없으며, 오른팔이 다치면 왼팔이 더 일할 수밖에 없듯이 그렇게 우리는 연결된 하나의 몸이자 공동체라는 인식이 새로운 유행처럼 번지면 좋겠다. 지금 코로나로 인해 여러 현장에서 고군분투하는 수많은 이의 노력이 헛되지 않도록 말이다. 음압 병실에 있는 소수를 고치는 것은 의료진이지만, 광장에 있는 대다수를 병들지 않게 하는 것은 모두의 몫일 테니까.

에필로그

회사에 출근하면 퇴근할 때까지 빡빡하게 잡힌 회의 일정에 따라 이 회의실, 저 회의실을 정신없이 옮겨 다닌다. 화장실에 너무 가고 싶은데 이놈의 회의는 꼭 60분을 채워야만 끝이 나곤 해서, 오줌보를 비틀어 막고는 다음 회의에 들어간다(그래서 종종 방광염이 재발한다). 상사에게 보고서를 제출하는 일정이 잡히면 파블로프의 개처럼 사나흘 전부터 밤잠을 설친다. 내가 행여 잘못 보고를 해서 무수한 부서와 나눈 협의 사항이나 팀원들이 애쓴 기획 방향이 물거품이 될까 걱정되기 때문이다(그래서 종종 소화불량과 식도염이 재발한다). 그렇게 십수 년을 지내오다 잠깐 휴직을 하게 되었다. 공식적인 휴직 사유는 '아이 돌봄'이었지만, 사실 반복되는 내 잔병의 악순환을 어떻게든 끊어보고 싶은 마음이 컸다. 휴직 소식을 들은 친구나 선배들이 이참에 찐하게 얼굴이나 한번 보자고들 청했지만, 막상 이 병원 저 병원을 순례하느라 바빠 사람들을 많이 만나지는 못했다(미안합니다…).

그때 나는 늘 일정한 시간에 일어나 따뜻한 물한 잔을 먹고, 아이를 등교시킨 뒤 동네 구석구석을 걷고 또 걸었다. 아주 많은 햇살과 바람, 비를 직접 맞으며 몇 달을 일종의 자가 격리 비슷한 상태로 지낸 것이다. 오전엔 혼자 공원 벤치에 누워 낮잠을 자기도 했고, 오후엔 하교하는 아이를 만나 킥보드를 타며 실없이 몇 시간을 보냈다. 그러면서 조금 몸이 좋아졌다고 느낄 즈음부터, 무작정 이 글을 써 내려가기 시작했다. 누군가를 설득하거나, 누군가의 승인을 필요로 하지 않는 일이었고, 그래서인지 막힘없이 술술 써졌다.

그렇게 이 글의 3분의 2 정도 완성했을 때 복직을 했다. 다시 캘린더에 회의 일정이 빡빡하게 들어차고, 새로운 프로젝트까지 맡게 되면서 글 쓰는 속도는 현저히 느려졌다(주중에는 아예 글 쓸 엄두조차 내지 못했다). 더 큰 문제는 문장 하나하나를 쓸 때마다 이 얘기가 설득력이 있나, 어쭙잖은 생각은 아닐까, 누군가를 불편하게 하진 않을까 하는 근심이 구름처럼 몰려왔다는 것이다. 월화수목금의 월급쟁이 내가, 주말 저녁 글을 쓰는 나에게 온갖 훈계와 지적질을 해댔다. 그래서 안 그래도 엉금엉금이던 글쓰기가 꽤 오래 멈춰 서기도 했고, 또 여러 잔병이 한꺼번에 몰려와 며칠씩 누워만 있기도 했다. 그럴 땐 마음이 종이 인형처럼 납작해져 글이고 뭐고 다 그만두자 싶었다. 그사이에 세 번의 장례식을 다녀왔고, 사랑하는 가족과 선배가 갑자기 많이 아프기도 했다. 그때마다 신기하게도 다시 뭔가를 끄적이고 싶어졌다. 그리고 그 시간들이 차곡차곡 쌓여 이렇게 글이 얼추 마무리되었다.

아무튼, 아픔 때문에 아픔을 들여다볼 시간이 생겼다. 당연한 말처럼 들리겠지만, 내가 혹은 가족이, 친구가, 동료가 아픈 시간들 때문에 분주함으로부터 거리를 두고 멈춰 설 수 있었다. 그리고 그때 비로소 아픔과 반려하는 나만의 자세를 정리할 수 있게 되었다. 캘린더 일정에는 없는, 이름 없는 그 긴 시간들을 여기 이 작은 책에 기록할 수 있어서 참 다행이다.

나를 만든 세계, 내가 만든 세계
'아무튼'은 나에게 기쁨이자 즐거움이 되는,
생각만 해도 좋은 한 가지를 담은 에세이 시리즈입니다.
위고, **제철소**, **코난북스**, 세 출판사가 함께 펴냅니다.

아무튼, 반려병

초판 1쇄 2020년 10월 30일
초판 2쇄 2020년 12월 30일
지은이 강이람
펴낸이 김태형
펴낸곳 제철소
출판등록 제2014-000058호
전화 070-7717-1924
팩스 0303-3444-3469
제작 세걸음

right_season@naver.com
facebook.com/from.rightseason
instagram.com/from.rightseason

ⓒ 강이람, 2020

ISBN 979-11-88343-36-2 02810

이 도서의 국립중앙도서관 출판예정도서목록(CIP)은
서지정보유통지원시스템 홈페이지(http://seoji.nl.go.kr)와
국가자료공동목록시스템(http://www.nl.go.kr/kolisnet)에서 이용하실 수
있습니다.(CIP제어번호: CIP2020045147)